U0466724

刘先平大自然文学文集典藏
高黎贡山女神

时代出版传媒股份有限公司
安徽文艺出版社

刘先平◎著

刘先平大自然文学典藏文集

2000年，在云南三江并流地区的澜沧江边与巨柏合影。

刘先平，1938年11月生于安徽省肥东县长临河西边湖村。父母早逝。12岁离家到三河镇当学徒，后在大哥刘先紫的帮助下脱离学徒生活。求学道路坎坷，依靠人民助学金完成学业。1957年毕业于合肥一中。1961年毕业于浙江大学中文系。在合肥师专、合肥六中等校任教师。1972年之后，在安徽省文联任文学刊物编辑、主编。

1957年开始发表作品，先是诗歌、散文，后涉足美学。1963年，因一篇评论再次受到批判，停笔。20世纪70年代中期，跟随野生动物科学考察队野外考察数年。1978年，响应大自然召唤，重新拾起笔来，致力于大自然文学创作与思考……

他被誉为我国"当代大自然文学之父"。

他曾经两次横穿中国，从南北两线走进帕米尔高原。

他曾经三次穿越塔克拉玛干大沙漠，四次探险怒江大峡谷。

他曾经六上青藏高原，多年跋涉在横断山脉。

他曾经两赴西沙群岛，在大自然中凿空探险40多年。

他的代表作有四部描写在野生动物世界探险的长篇小说和几十部大自然探险奇遇故事。

他的作品共荣获国家奖九项（次）。其中有三届中宣部精神文明建设"五个一工程"奖、三届全国优秀儿童文学奖……

2010年，安徽省人民政府建立并授牌"刘先平大自然文学工作室"。

他2010年获国际安徒生奖提名。

他2011年、2012年连续两年被列为林格伦文学奖候选人。

他2018年获首届中国自然好书奖。

他2019年获第三届比安基国际文学奖。

他历任安徽省人民政府参事、安徽省政协常委和人口与资源环境委员会副主任、安徽省作家协会常务副主席、中国野生动物保护协会理事。现为中国作家协会名誉委员。1992年，国务院授予其"突出贡献专家"称号。享受国务院政府津贴。

刘先平大自然文学文集典藏

高黎贡山女神

刘先平 ◎ 著

时代出版传媒股份有限公司
安徽文艺出版社

图书在版编目（ＣＩＰ）数据

高黎贡山女神/刘先平著.--合肥：安徽文艺出版社，2021.6
（刘先平大自然文学文集典藏）
ISBN 978-7-5396-7155-0

Ⅰ．①高… Ⅱ．①刘… Ⅲ．①传记文学－中国－当代 Ⅳ．①I25

中国版本图书馆 CIP 数据核字(2021)第 023389 号

出 版 人：段晓静
策　　划：朱寒冬　姚　巍　统　筹：宋晓津　张妍妍
责任编辑：姚爱云　段　婧　装帧设计：张诚鑫

....

出版发行：时代出版传媒股份有限公司　www.press-mart.com
　　　　　安徽文艺出版社　www.awpub.com
地　　址：合肥市翡翠路 1118 号　邮政编码：230071
营 销 部：(0551)63533889
印　　制：三河市华东印刷有限公司 (010)61594404

....

开本：700×1000　1/16　印张：14　字数：210 千字
版次：2021 年 6 月第 1 版
印次：2022 年 1 月第 1 次印刷
定价：1200.00（精装，全 15 册）

....

（如发现印装质量问题，影响阅读，请与出版社联系调换）

版权所有，侵权必究

李 恒

卷首语

  我在大自然中跋涉四十多年,写了几十部作品,其实只是在做一件事:呼唤生态道德——在面临生态危机的世界,展现大自然和生命的壮美。因为只有生态道德才是维系人与自然血脉相连的纽带。我坚信,只有人们以生态道德修身济国,人与自然和谐之花才会遍地开放。

——刘先平

序

呼唤生态道德

生态道德的缺失，造成了我们生存环境的危机。

感谢大自然！在山野跋涉的三十多年中，大自然给予了我最生动、深刻的生态道德教育，因而无论是我的描写在大熊猫、相思鸟世界探险的长篇小说，还是在野生动植物世界探险的奇遇，都是努力宣扬生态道德的伟大，呼唤生态道德在人们心间生根、发芽。

环境危机重压着世界已是不争的事实，人们都在纷纷追究其原因，并寻找济世的良方。环境危机实际上是生态危机。

建设生态文明，中国为世界树立了榜样，具有划时代的意义。生态文明的建设，必然呼唤生态法律的完善、生态道德的树立，从根本上消解环境危机，保护、营造良好的生态。

法律和道德是一切文明的两大支柱，也是人类文明的标志。几千年来，我们已有了处理人与人之间、人与社会之间关系的行为规范、法律法规、道德准则，却根本没有处理人与自然关系的行为规范。按《辞海》(1979年版)中"道德"的释文："道德是一定社会调节人们之间以及个人和社会之间的关系的行为规范的总和。"这足以证明：人与自然之间的关系根本未被纳入"道德"的范畴，缺失了生态道德；或者说，生态道德在这之前，根本没有进入我们的观念。这是认识的失误。

"生态"一词的出现,至今不过二百来年的历史,而生态与人、与生存环境的紧密关联,在时间上则是更近的事情。这也从另一个侧面反映了人类在认识自然、认识人与自然、认识人与环境方面的重大失误,更加说明了树立生态道德的紧迫和重要!如果不能在全社会牢固地树立生态道德的观念,就无法建设生态文明和人与自然和谐的社会。

正是生态道德的缺失,成了产生环境危机的重要原因。长期以来,我们在处理人与自然关系方面,根本没有建立系统的行为规范、树立道德,法律也严重滞后;因而对大自然进行了无情的掠夺,无视其他生命的权利,任意倾倒垃圾,没有预后评估、监测地滥用科技,造成了环境污染、资源枯竭、生态失去平衡,以致受到大自然的严厉惩罚,直到危及人类本身的生存,才迫使人类重新审视与自然的关系,规范人与自然关系的法律和生态道德才得以突显。强调生态道德,在于强调、突出它比之于其他道德的鲜明特点——人与自然的关系。我们急需建立对于自然应具有的行为规范,以调节人与自然之间的关系,消解环境危机,建设人与自然的和谐。这是时代向我们提出的重大命题。

比较而言,树立生态道德比制定、完善生态法律,有着更为艰巨的一面。法律是"由立法机关或国家机关制定,国家政权保证执行的行为规则的总和",而道德是公民应具有的修养、品质,带有自觉或自我的约束。当然,对法律的遵守,也是修养和道德的表现。法律可以明令从哪一天开始执行或终止,但同样的方法并不适用于道德。比如某一行为并不违背法律,但违背了道德。这大约也就是媒体纷纷设立"道德法庭"的原因。生态道德在全社会的树立,是个艰难而长期的任务,需要启蒙和培养的过程,对一个人说来甚至是终生的,需要全体公民的参与和努力。

三十多年来在大自然的考察,七十多年的人生经历,使我逐渐深刻地认识到树立生态道德的重要、紧迫。三十多年前我所描写的青山绿水,现在已有不少面目全非。大片原始森林被砍伐了,很多小溪小河都已退化或干涸,有些物种消亡了……

记得1981年第一次到西部去,云南的滇池、四川的岷江、大渡河、若尔盖湿地……美丽而壮阔的景象,使我心潮澎湃。滇池早已污染、水臭。2007年10月,再去川西,所经岷江、大渡河流域,到处在建水电站,层层拦江垒坝。在一个山村水电站工地,村民忧心忡忡地诉说:大坝建成后,村前的小河将干涸,到哪去找吃的水啊?!这种只顾眼前的利益,无序、愚蠢的"改造自然",对整个生态系统的破坏已有显示。我国最大的高寒泥炭沼泽湿地若尔盖,泥炭层最深达9米,它在雨季吸水,干季溢水,1千克干泥炭可吸蓄8—12千克的水。它是黄河上游的蓄水库,蓄水量相当于三个葛洲坝。枯水季节,黄河水的30%(一说40%)是由这里补给的。但在20世纪曾挖沟沥水采掘泥炭。现在湿地已大面积退化为草原、沙化、鼠害严重。最发人深省的是,在这里拍摄红军战士过草地时,竟然无法找到深陷的沼泽,只好人工制造。黄河屡屡断流,当然不足为怪了!

水是生命的源泉。水的污染给整个生物链带来的是灾难性的影响,使人类的健康、生命处于极不安全的状态。中国五大淡水湖是长江中下游湖泊群的代表,是中国人口最为密集地区的生命线,号称"鱼米之乡"。但只经历了短短的二十多年,其中的太湖、巢湖,已是一湖臭水,根本无法饮用。其他的也都面临着湖面缩小、污染等生态恶化。在经济发达的长三角、珠三角,水污染更是触目惊心。

大自然养育了人类,可我们缺失了感恩,缺失了对其他生命的尊重,妄自尊大,胡作非为。当人类对自然缺失了道德时,自然也会还之以十倍的惩罚!

我曾立志要为祖国秀丽的山河谱写壮美的诗篇,但只是短短的二三十年,我所描写的山川河流不少都已是"历史""老照片"。

我曾冒着种种的危险和艰难,在野生动植物世界探险,无论是描写滇金丝猴、梅花鹿、黑叶猴还是红树林、大树杜鹃,都是为了歌颂生命的美丽,但是总也避免不了生命的悲壮——它们在人类的猎杀、砍伐、压迫下苦苦挣扎。即如每年要进行一次宏伟生育大迁徙的藏羚羊,或是给人类带来福祉的麝,或是山野中呼唤爱的黑麂……都无可避免地遭受着厄运。它们生存的空间,正被人类蚕食、掠夺。

这使我无限忧伤、愤怒,更加努力地呼唤生态道德的树立,也更寄希望于孩子。

正是大自然的生存状态,激起了我决心在一些作品之后写下后记,为过去,为未来,立此存照。

三十多年来,大自然以真挚、纯朴、无比的热情,接纳了我这个跋涉者,倾诉、抚慰……结下了深厚的友谊。

热爱生命,尊重生命,热爱自然,保护自然,保护环境,应是生态道德最基本的范畴。

我们来自自然,与自然有着血肉相联的关系。人类初期对自然是顶礼膜拜的。很多的部落,将动物的形象作为图腾。我们的祖先,对人和自然关系的认识,曾有过很多智慧的表述,如"天人合一"、盘古开天地的创世纪之说等等,至今仍是经典。

从世界教育史考察,对自然的认识,一直是教育的最基本、最经典的内容,讲述天体气象、山川河流、森林、环境和资源等等。以人类生存的环境、人类在自然中的位置作为人生的启蒙,在孩子们幼小的心灵中培植对生命的热爱、对自然的感恩。但这种优良的传统,随着人类社会、经济,尤其是科学技术的发展,逐渐淡化或消失。城市钢筋水泥的建筑,活生生地切断了孩子们与自然的联系。现在城里的孩子不知稻、麦为何物已不是怪事,甚至连看到蚂蚁也发出了惊呼。缺失生态道德的社会、科学技术的发展,不仅使自然失去了自然,更为可怕的是使孩子们失去了自然。

我希望用大自然探险奇遇,还给孩子一个真实的大自然世界,激活人类曾有的记忆,接通与大自然相连的血脉,接受生态道德的洗礼、启蒙,同时,启迪智慧的成长。大自然是人类的母亲,请千万不要忘记,大自然也是知识之源,正是在人类不断探索自然的奥秘中,科学技术才发展到辉煌灿烂。即使到今天,生命起源仍是最艰难的课题。

　　道德是一个人的品质、修养、不朽的精神。道德力量的伟大,犹如日月星辰。我一直坚信,只有人们以生态道德修身济国,人与自然和谐之花才会遍地开放。

2008 年 4 月 2 日

目　　录

卷首语 / 001

序　呼唤生态道德 / 002

中国——世界园林之母 / 001

中国植物对世界园艺的贡献 / 002

引言 / 001

第一章　书名之争 / 005

　　该取个怎样的书名 / 005

第二章　结缘：热带雨林和一座大山 / 013

　　皇冠上的绿宝石 / 013

　　花卉之王屹立在高黎贡山 / 017

　　精彩的"人类两面书架" / 026

第三章　仗剑独龙江 / 040

　　原本山川　极命草木 / 040

　　华丽转身 / 055

　　普拉河谷　珊瑚兰　白袜子 / 063

　　东坡西坡　古老的原始森林 / 073

　　雪线奇观 / 083

　　她爱冬花 / 096

多彩的独龙江　戴帽叶猴 / 106

　　修炼 / 120

第四章　重楼奶奶 / 125

　　给天南星重新排行、分类 / 125

　　重楼奶奶　七叶一枝花 / 133

第五章　高黎贡山女神 / 153

　　从古南大陆驶来 / 153

　　无限风光　保山茜　白眉长臂猿 / 173

李恒相册 / 197

附录　刘先平四十多年大自然考察、探险主要经历 / 206

中国——世界园林之母

中国是园林的母亲，千真万确，在我们的园林深受其惠的那些国家中，中国位居榜首。从早春的连翘和玉兰破蕾绽放，到夏季的牡丹和蔷薇，秋季的菊花，中国对世界园林资源的贡献有目共睹。花卉爱好者从中国获得今日玫瑰的母本，包括茶玫瑰或茶玫瑰的杂交种，攀缘或多花类型，还有温室的杜鹃和报春花；果树种植者获得桃、橙、柠檬和葡萄柚。可以确定地说，在美国或欧洲找不到一处园林没有来自中国的植物，其中有最美丽的乔木、灌木、草本和藤本。

很少国家像中国一样长期受到全世界的关注，也没有任何其他国家保持有如此长久无中断的历史……当欧洲还处于野蛮时代，尚不知有美洲时，他们已是一个有文化的民族。

1899年我第一次踏上中国土地，直到1911年最后离开。……作为我在中国工作的成果，现有1000多种新植物已在美国和欧洲的庭园落户。

我的中国之行是幸运的。中国人待我温和有礼，并且彼此尊重。[1]

---

[1] 以上文字节选自英国植物学家威尔逊于1929年2月15日在美国哈佛大学阿诺德树木园为《中国——园林之母》写的《前言》。

中国植物对世界园艺的贡献

通过近百年来西方植物学者的研究鉴定，发现很多新属新种，他们公认中国是世界上园艺植物的发祥地之一。很多园艺学家称中国为"庭园之母"或"花卉王国"。

欧美著名的观赏树木中，如银杏、水杉、珙桐、木兰、泡桐、樱花和多种松柏树种，全部或大部分来自中国是众所周知的。

观赏灌木中如六道木、醉鱼草、小檗、枸子、连翘、金缕梅、八仙花、蝟实花、山梅花、石楠、火棘、杜鹃花、绣线菊、丁香花、锦带花等属。

草木花卉中如乌头、射干、翠菊、菊花、飞燕草、石竹、龙胆、萱草、百合、绿绒蒿、报春花、虎耳草等属。

看到了这些植物属名，欧洲的园艺学家或植物学家就会联想到每一属中，都有不少种类来自中国……记得一位园艺学者曾做过这样的评价，没有中国植物不能成为庭园，这个说法应该不算太夸大吧！

世界各国栽培的果树，不少种类起源于我国，例如，柑、橘、柚、荔枝、龙眼、枇杷、桃、李、杏、柿、枣、栗等是大家所熟知的。

根据可靠的文献记载，我国柑橘栽培至少已有2500年以上历史……十六世纪初葡萄牙人自中国输入甜橙以后,开始作大量果树栽培……美洲是在哥伦布第二次航行新大陆(1493)时,柑橘才同其他果树和蔬菜引种到北美,以后广泛传到秘鲁、巴西、墨西哥等地,因为风土条件适宜,目前北美已成了重要的柑橘产地。

中国经济植物的引种,在欧美已经成功的事例很多,兹拟举茶叶、大豆、油桐等,略述其经过和在欧美各国生产和在生活中所起的显著作用。

在中古时代西方使者来到中国就已取得了茶叶的知识,但直到十六世纪,葡萄牙航海家才把茶叶和中国茶树作为稀有的观赏植物传到西方。

大豆原产于我国,自古栽培,列为五谷(稻、麦、黍、稷、菽)之一,主要作粮食兼作油料、蔬菜和饲料,利用历史至少在四千年以上。但在西方直到十七世纪末才知道大豆的名字,十八世纪末始传入欧洲。1790年传入英国,当时尚不知其用途,仅栽培以供观赏。1854年美国开始试种……因此,有些美国人说,大豆是中国送给西方最珍贵的礼品之一。

油桐原产于中国西部和南部,出产一种速干性的工业用油,过去是我国主要的对外贸易商品之一,运销美、英、加、法等国。1905年美国农(业)部开始从中国采集种子送到佛罗里达、阿拉巴马、乔治亚、路易安那等州推广种植,经过三四十年的试验已经基本成功了。[1]

---

[1] 以上文字节选自著名植物学家、中国科学院院士俞德浚《中国植物对世界园艺的贡献》一文,原文发表于《园艺学报》1962年第2期。

美丽的高黎贡山(施晓春 摄)

引　言

　　2011年12月10日,天宇中闪耀起一颗新星——吴征镒星,与太阳、月亮、金星、火星……共同运行于茫茫的宇宙。

　　这是国际小行星中心给175718号小行星的永久命名。

　　吴征镒——绿色宇宙的守望者,植物学大师,中国科学院院士,2007年被授予国家最高科学技术奖,《中国植物志》原主编,中国植物学家的代表,向人们介绍了美丽的中华植物世界的辉煌。

　　何为宇宙?《辞海》上最简要的释义是"物质世界"。又说宇宙是多样而又统一的,它的多样性在于物质表现形态的多样性,它的统一性就在于其物质性。

　　我原来以为宇宙只有一个,然而,"有人认为,我们的宇宙只是一系列宇宙中的一个","情况也许是,我们的宇宙只是众多大小不等的宇宙的部分,大爆炸不停地发生"。

　　医学家说,人体就是个小宇宙。

　　那么,是否可以按此推论,每个生命体也是个小宇宙?或者称之为微型宇宙?

　　绿色植物、动物、广义的微生物组成了生命的三位一体——生命的宇宙。

　　正是无数的小宇宙构成了如今的大宇宙。

　　太阳系的核心是太阳,因为无论是地球、月球、金星、火星……都是围绕太阳转的。

生命的宇宙在地球,地球不仅是人类的唯一家园,也是生命的唯一家园。

高等生命是绕着绿色植物转的,或者说,绿色植物是初级生产者——为动物提供食物——没有绿色植物,动物就无法生存,人类也会失去生存的基础。因而,人类最初的文明很可能就是与绿色植物共同创造的,准确一点说,是从认识、研究绿色植物开始的。人类的早期,对天文、地理等的观察和研究,或许都是为了确保绿色植物繁荣昌盛。因为生存是人类的第一要务,只有生存才有发展。

人类宇宙的运行核心是绿色植物!

我们有理由认为植物世界也是个宇宙,只不过是在地球上运转,且只有属于植物的运行方式。

植物宇宙是神奇的,它有千变万化的生命形态。就以被植物学家称为创造新生命神器的花朵、果实来说吧,它们有多少形状、多少颜色、多少不同的气味?别说最伟大的语言学家难以说清,即使是著名的植物学家,也未必说得清。譬如:桃子、苹果是结在树枝上的,而可可、波罗蜜是结在树干上的,榕树的果实是结在树根上的,叶上珠的果实则结在叶面,叶下珠的果实却又结到叶背面去了,还有花生,它是在地面茎上开花的,果实却结在地下……凡此种种,还不够神奇?

我们的祖先无比有智慧,用"民以食为天"和"不吃五谷不生灾",概括了人生中的两件对立的大事。如何化解矛盾异常重要。先说"民以食为天"吧,我常常傻想,太古先民如何知道哪种植物能吃,哪种植物不能吃?是吃其叶或茎,或花,或果,或根?然而,又"不吃五谷不生灾",那么,生灾害病了又该怎么办?

儿时,我总是缠着外婆讲故事,或许因为我的曾外祖父和祖父都是中医,所以她讲的神农故事成了不灭的记忆。故事的大意是：太古时期，神农形象怪异，勤劳勇敢，被人们推举为部落首领。因其生活在炎热的南方，被称为"炎帝"。某天，一只红色的小鸟衔来了种子给他，种子被种下后居然长出了稻谷，于是他又发明了农具，教百姓耕作，被称为"神农氏"。然而，"不吃五谷不生灾"，他为了给百姓治病，又尝遍了百草，找到了治病的植物，将矛盾化解。后人将其整理成《神农本草经》。

我以为，神农是最早的植物学家、药学家。

从此，我以为植物学是科学的最基础的学科，如果没有为了使植物世界更加繁荣昌盛的动力，人们还会去研究天文、地理吗？

然而，在各学科日新月异地发展的今天，我们对植物宇宙的认识的重要性却被淡化了，这值得警醒。或许，就是这燃起了我写这本书的激情。

我想说说一部伟大的著作，一部与人类生存发展最直接相关的著作——《中国植物志》。

《中国植物志》是第一部总结中国维管束植物系统分类的巨著，全书共80卷126册，5000多万字。全书记载中国植物301科3408属31142种。其中附有近9080幅图版。

《中国植物志》不仅绘制了我国的植物地图，记录了每种植物的"身份证"，将其登记在"户口簿"中，它还是记录和研究植物特征的重要"信息库"。

《中国植物志》是目前全世界出版的植物志中最为浩繁的一部，是一部让中国的植物从此有了中国名字的史诗性巨著。该著作在1956年由中国科学院立项，1959年成立编委会，从全国数十个科研单位、高等院校，选拔了四代植物学家312位、绘图员164人，参加编研工作，直到2004年出版，历时45年才大功告成。

编纂《中国植物志》是一项复杂的、浩大的系统性工程。科学是靠事实说话的，为每种植物树碑立传就需要标本。据不完全统计，植物学家们在野外共采集了1700多万份植物标本，研究参考了国内外主要标本馆的1700多万份腊叶标本，在国外拍摄2万多张植物标本（特别是模式标本）照片，编制了数万张文献资料卡片，累计发表新属及新属名称243个，发表新种及新种名称14312个。可见我国植物学家不畏艰难，具有执着、顽强的精神。

《中国植物志》是植物学研究中最基础的科学著作和最重要的信息载体，是对我国的植物认识和记载得最准确、最全面、最权威的著作，为我国可持续利用、保护植物资源，奠定了坚实的基础。

《中国植物志》于2009年获得国家自然科学奖一等奖。

那四代312位植物学家、164位绘图人员的功绩，与《中国植物志》同在。生命之树常绿！

李恒教授就是这312位植物学家之一。

第一章 书名之争

该取个怎样的书名

我在写作时,常常随意给自己的作品取个书名。

最近一位出版家朋友对我说:一本好书最重要的是给它取个好书名,取书名的过程犹如进行足球大赛,要经过层层选拔,让读者一见书名就能激发一睹为快的欲望。

我虽然不敢苟同这位出版家所举之例,但仍然认为他的话有道理——本书应该有个好书名。

我要写的是一位女植物学家——李恒,中国科学院昆明植物研究所资深研究员——平凡而又不平凡的人生。她在32岁之前与植物学并没有太多关系,但在1961年,随着她的先生王今维的一纸调令,她离开北京来到了昆明植物研究所。其后的50多年里,她一直在绿色植物宇宙探索,从一个植物学的门外汉华丽转身成为中国著名植物学家。她发现的植物新种有100多个,如察隅南星、保山犁头尖、缘毛南星、贡山芋、高黎贡山斑龙芋等。

发现一个植物新种的意义到底在哪里?暂时说不清楚。就像天文学家发现一颗新星,可这颗新星对于宇宙学究竟有何意义,暂时无法判断一样。但是随着研究的深入,也许就能证明它是一个在宇宙演变中起着极大作用的星

中国科学院昆明植物研究所门前的奠基石碑(李珍英　摄)

球。每个新种的发现,都开启了一段生命的传奇。

据一位从事植物分类的专家说,若是能发现一个新种,那就不枉此生,对得住几十年的辛苦。

李恒共发表论文230多篇。她自己说,最具代表性的论文有10篇。她的专著,据不完全统计,有四五十部(包括编著和与他人合著)。另外她还有译著28种。

她获得过"云南省有突出贡献的优秀专业技术人才"一等奖、"云南省特级劳动模范"称号、全国五一劳动奖章、"全国三八红旗手"称号,曾被评为中国科学院优秀研究生导师、国务院突出贡献专家,同时享受政府津贴。

数字有时能给人惊喜,但它显得平淡,就像描写一个人只有身高、体重、骨骼,而缺少肌肉和精神,更没有千变万化、丰富多彩的表情。

那么,该取一个怎样的书名,既能彰显她在迈向理想之途中坚定、顽强的精神,又能概括她在植物学上的成就呢?

经过一番思考,"书名四强"终于诞生了。

一、"独龙大侠"

"独龙"意指"独龙江","侠"彰显了李恒刚强不屈、勇武豪迈、扶弱抑强、见义勇为、为国为民的精神品格。几千年来人们对侠的向往、尊崇已融入血液,常言道,侠骨柔肠。这个书名言简意赅地描绘了李恒独自率队远赴独龙江,出生入死,进行植物考察的情形。

那时她已到了花甲之年,又是女同胞,想来肯定有人相劝,要她量力而行,但她还是在1990年大雪封山前的10月,带着马帮,闯进了独龙江。她在独龙江一共度过了260多天,其间经历了高烧不退,跌断三根肋骨,才终于采集到7000多号标本,走出了独龙江。

李恒的学生杨永平博士现为昆明植物研究所的领导,从1990年至今,已去过五六十次青藏高原,主要研究在极端环境下植物的适应和进化。他跟我说起李恒老师的几件"侠义之事":

> 李老师是32岁才改行的,能取得今天这样令人瞩目的成就,常使我想起武侠小说中的英雄。他们不是天生就是英雄,但为了朴素的理想——或为救国救民,或为伸张正义,在行侠中历经磨难,在实践中学会本领,最终修炼成传奇式的侠客。侠客的背后是种精神的力量,是崇高的理想让李老师前行不止。
>
> 我是1986年考上昆明植物研究所的研究生的,我记得来报到时,已过了食堂的饭点。李老师说,到她家去吃饭。两碗泡饭,只找到一个咸鸭

蛋,一剖两半。那顿饭是我吃到的最温暖的饭。1987年冬天,在大理月湖考察水生植物,我游水去采了茈碧花的标本,她奖励我一条球裤。

她对我这样从农村来的学生最为照顾,经常将一些有补助费的工作交给我们来做。寒暑假回来,她总是问我父母是否健康,家里收成如何。但她对我们又很严格。外出考察时,我们已干了一夜的活儿,一坐上车就打瞌睡,她说:"喂,这是观察植被的好机会,祖国大好河山都给你们睡掉了。不许打瞌睡,选一个人大声报海拔、报植被……大家记。"这使我们获益不少。我现在教学生也用这个办法。

李恒的学生郭辉军博士多次参加高黎贡山考察,是《高黎贡山植物》的作者之一,主要研究生物多样性及其保护、混农林业等。我们去拜访他时,他刚从云南省林业厅调到西南林业大学任校长。

那是1983年前后,李恒在湘西考察。某天,有位学生来访,说他是湖南师范大学的学生郭辉军,热爱植物学,想报考昆明植物研究所的研究生。然而,他是地理系的学生。李恒听了他一番很有见地的话后,觉得他是个可塑之才,于是给予鼓励,并向所长吴征镒推荐。

考研成绩公布了,郭辉军其他各科都好,唯有英语差了两分,没过录取分数线。郭辉军很郁闷,这可急坏了李恒。她向吴征镒说情:"只差两分,能破格录取吗?"得到的回答是:"那要分数线干什么?"

等到郭辉军本科毕业等待分配时,拿到的却是到中国科学院昆明植物研究所的派遣令,这让他又惊又喜。那时跨省分配几乎是不可能的事,郭辉军一直纳闷幸运是如何降临到他头上的。李恒也是又喜又惊,她想,唯一的可能是吴征镒向中国科学院要了名额。

郭辉军报到后,吴征镒将他带在自己身边。之后,郭辉军终于堂堂正正地考取了中国科学院西双版纳热带植物园的研究生。

在我提及此事时,郭辉军陷入了沉思,他并没有说"没有他们就没有我的今天"之类的感恩语,而是反复说到"师德"。他说:"我要在学校大讲师德。身教重于言传,没有德高望重的老师,怎么可能教出先立德后立学的学生?"

他在谈到李恒时,常用"有理想才有作为"来评价她。她对天南星、重楼、独龙江、高黎贡山、水生植物展开了开创性的研究,其中她在水生植物研究方面在国内是数得着的人物,而水生植物对建设和保护湿地生态系统起着重要作用。

这个书名很有魅力。然而,它只能反映李恒工作中初露锋芒的一段,以及学生对她的侠义精神的记忆,所以这句话最多只能作为一个章节名。

二、"重楼奶奶"

植物学家总是对某种植物有所偏爱,我目前还不清楚李恒教授为何偏爱重楼属的植物,甚至不知道重楼为何物。我只得请教李恒教授的学生纪运恒博士。他很厚道,毫无嘲笑的意思,向我介绍:"您肯定见过重楼,只是和文字描述的对不上号罢了。您听说过七叶一枝花吗?"

重楼就是七叶一枝花?我的院子里就长着它。儿时只要被蜈蚣、黑虫咬了,大人就会找来七叶一枝花,将其捣碎并敷在伤口上。

纪运恒一笑,说:"是的,民间常将重楼称为'七叶一枝花',其实它只是重楼属的一种,生长在安徽、湖南、江西等地,是云南白药的主要成分,有很高的药用价值。"原来如此!难怪李恒特别偏爱重楼属的植物。

后来我又了解到李恒在重楼植物研究方面取得了令人瞩目的成绩,不仅发现了数个新种,还发表了挑战世界研究重楼属的权威的论文——《重楼属系统发育探讨》,得到了国内外众多专家的认同,将重楼研究向前推进了一大步。

然而,"重楼奶奶"不是我拟的,而是种植重楼的农民对李恒的亲切称呼。重楼的药用价值高,需求大,因而野外的重楼愈来愈少。如何做到既保护重楼属的植物,又能满足制药业的需求?唯有发展重楼种植业。

　　李恒和她的团队做了大量的调研,办培训班,建立示范种植基地。李恒七八十岁依然坚持走村串户,指导农民。经过几年的努力,重楼种植业现已成为当地农民脱贫致富的一大产业。

　　然而,这也仅仅反映出李恒对植物学的贡献的一部分,只能作为章节名,而无法作为书名。

三、"亡命徒"

　　这是著名画家、李恒教授的同事曾孝濂对李恒的评价。曾孝濂的工作是为植物画图(类似照片的作用),但他摆脱了历史上动植物标本画的束缚,在科学和艺术之间寻求结合点,逐渐将为植物画图变成艺术,展现出植物无比灿烂的生命之美。用曾孝濂的话说,他和李恒的友谊是吵架吵出来的。原因很简单,在他为李恒著作中的植物画插图时,作为植物学家的李恒自然是要求一丝不差,但作为艺术家的曾孝濂则更追求"美"。他们经常吵得不可开交,甚至双双面红耳赤地拂袖而去。正是在这"吵架"中,曾孝濂逐渐找到了科学与艺术的结合点,在展现植物真实面貌的同时兼具了艺术感。

　　两人都是对事业极其认真、负责的人,李恒尊重曾孝濂的创造性,曾孝濂则特别敬佩李恒对科学的忘我精神。他说到李恒教授闯荡独龙江,在野外跌断了三根肋骨,竟然不住院,不打石膏,只是贴几张膏药,硬是挺直腰杆,将采集回的标本整理完毕。七八十岁的高龄,还每年去高黎贡山考察……可见她干起工作来,是个"亡命徒"!不信,仅举两例:

　　一是昆明植物研究所的保安和门卫没有不认识李恒的,因为她每天总是最晚离开办公室。

　　二是她今年89岁了,读书、敲电脑不戴眼镜。这不算奇,你可以去问问她现在的作息时间。经过向她的学生求证,她现在每天的作息时间大约是

这样的:

6:30—7:00,起床。

7:30,开始吃早餐。

8:30,到所里上班(昆明植物研究所统一上班时间)。

12:00,开始吃午餐,然后午休。

15:30,开始上班。

17:30—18:00,下班。

18:30—20:00,吃晚餐,然后散步。

20:00至凌晨一两点,在家工作。

这个结果很出乎我的意料,同时我不得不同意曾孝濂说的,她,确实是个"亡命徒"!

这个书名够吸引眼球,但容易被误解为这是一部惊险小说,关于谍战或黑帮之间的火拼……更何况,忘我是一种境界,是一种崇高的享受,是一种至臻的美。这种美,一般人很难理解,若能体会到这种美的一半,那也是非常难得的!

四、"高黎贡山女神"

这是我10多年前所写的关于李恒的一篇短文的题目,也是高黎贡山傈僳族同胞对她的称呼。我和她的相识很有缘分。

自1981年4月,在昆明植物研究所拜访了植物学家吴征镒、冯国楣教授后,雄伟、神秘的高黎贡山就矗立在我的心间。2002年,我在朝拜高黎贡山和北端的独龙江时,因在雪山垭口受阻,不得不返回贡山,住到旅社。向导小何突然告诉我,他一路提及的李恒教授从野外回来了,就住在这家旅社。

我原以为李恒是个久经风雨磨砺的豪迈粗犷的"女汉子",但当见到她时,我不禁有些愣怔,她与故事中和我想象中的在野外叱咤风云的科学家形象相差甚远。她个子不高,长相清秀,眉眼睿智,神色淡然,满脸慈祥,微微含笑。

她向我们介绍了上苍是如何创造出奇迹的——把高黎贡山从古热带大陆向北推进了450千米,到了温带,原来的植物要与当地的植物融合,再加上适应新的环境,因而产生了新种和变种。她付出努力,就是要揭开高黎贡山神秘的面纱,为植物填写"身份证""户口簿",画出分布版图,找出并阐明植物与周围区系的关系,为其制订保护和利用方案,使其造福于人类。

我明白了,李恒教授前往独龙江采集标本,对重楼属植物进行研究等种种努力,都是为了揭开高黎贡山的神秘面纱,这也是对科学求真信念和神农尝百草精神的继承。

翻开她的"野外考察大事记",最引人注目的就是关于高黎贡山的野外考察,大规模的植物采集竟有二三十次,有的年份她春秋两季都在山上,时长有100多天。

高黎贡山是她实现理想的神圣殿堂,她用了五六十年来攀登。

她是高黎贡山绿色世界的保护神!

何为神仙?《说文解字》上讲,人在山中即为"仙"。

是的,再也没有比"高黎贡山女神"更为贴切的了。

第二章　结缘：热带雨林和一座大山

皇冠上的绿宝石

缘分和机会确实充满了玄机，它们往往不是你刻意追求得来的，而是某种说不清道不明的偶然出现的东西，却能改变你今后的生命历程。

我在1981年有幸与一座大山和一片热带雨林结缘，那崭新的神奇的绿色世界拥有无穷的魅力，改变了我今后四五十年的生命历程。

那山，即云南的高黎贡山。那热带雨林，即云南的西双版纳热带雨林。

那还是1981年3月，原国家林业部邀请几位作家考察热带雨林，其中就有我。

那时，我已跟随野生动物考察队数年，几乎走遍了皖南以黄山为中心和皖西大别山的崇山峻岭，目睹自然生态遭受破坏，珍贵野生动植物消失和灭绝……人与自然矛盾的激化——大自然的召唤激活了我的文学情愫、曾有的雄心壮志，1978年我重新拿起笔来呼唤生态道德，热爱自然，保护我们生存的唯一家园。

在此之前的50年代及60年代，我曾挨过两次大的批判。特别是1963年那次，一份重要的报纸点名批判我鼓吹修正主义文艺观点。为了对家庭负责，我在一个傍晚，狠狠地用力将笔甩出——它居然越过了前面的屋脊——决心

西双版纳热带雨林，犹如绿色雕塑的野象（李珍英　摄）

不再为文学写一个字。

在去云南的途中，我带着人民文学出版社寄来的《呦呦鹿鸣》的校样，抽空校看。前一年，描写在野生动物世界探险的长篇小说《云海探奇》已经出版。

奇妙的是，正是在探索这座大山的途中，我结识了李恒教授。更不可思议的是，我和李老师（我夫人）穿越的大峡谷，正是李恒教授之前的考察路线。

记得那是在西双版纳静风区，一个漫天大雾的早晨，我突然听到高亢雄浑的"啊！啊！"的鸣唱声。西双版纳热带植物园的老张说，那是长臂猿的晨歌，它在向同伴报告一夜平安，歌颂新一天的开始。

是的，这里是静风区，你感觉不到空气中有一丝拂动，就像身处湿漉漉的弥漫着花香的混沌中。然而正是在长臂猿的晨歌中,雾渐渐淡了,直到9点多,白蒙蒙的天空中才现出一轮水灵灵的胭脂太阳,美得让人屏声息气。

我跟着老张进入热带雨林,看到了七八十米高的望天树、奇异的龙脑香树和被巨大的板根支撑的四数木。雨林中,树木层次分明。

翠竹一改刚正不阿的操守,竟然在林中俯首折节地寻找阳光。扁担藤如蟒游动,缠绕大树,有的藤子可粗到直径三四十厘米,其形不仅有圆的,还有扁的、方的、棱形的。各色艳丽的兰花和其他我不认识的花附生在高大的树上,组成了绚丽奇特的空中花园。更令我惊奇的是,有些植物的果实是结在树干上的,比如一二十斤重的波罗蜜,不过听说它们的花却是小朵的,这一改我以往的认知。落在树叶上的冬青大蚕蛾,其翅膀上的花纹活似两条潜伏的毒蛇。这里的一切都令我感到神奇。

竹荪(施晓春 摄)

考察中，我们正好遇上了当地的泼水节。傣族的新年在4月初，正是旱季即将结束，雨季将要到来的时候。水是生命的源泉，雨季意味着万物生长。泼水节的重要节目有赛龙舟、放高升和孔明灯、赶摆等。

赛龙舟时，助阵的啦啦队喊的是："水！水！水！"当铓锣和象脚鼓响起来，孔雀舞跳起来，迎接获得冠军的英雄归来时，翩翩起舞的姑娘们端来酒，观众爆发出震天动地的呼喊："水！水！水！"朋友对我说，傣族人此时的这声"水"意义是多重的，其中就有"万岁""加油"的意思。

赶摆，其实是赶大型贸易集市。傣族、哈尼族、布朗族、拉祜族的人会从山区、坝子赶来参加这贸易盛会，各种摊位挤满街巷。我当然也去了。我只走了三四米，就已是惊喜连连——一堆堆放在芭蕉叶上的竹虫、蚂蚁蛋、蜂蛹；五颜六色的或肥大或如丝的蘑菇；和青菜、萝卜放在一起的野菜，除了芭蕉花，其他的我竟一样也不认识。

而最令我惊叹的有两样"菜"。

一是一种绿色的似青苔的东西，如乱发丝一般，有干蓬蓬的，也有湿淋淋的。水中的青苔也能吃？我们北方人总感觉它脏兮兮的。问买的人，说是从澜沧江或其他河里捞起来的青苔，其中以从江中捞出的为上品。蓬松的是干货，炸后酥脆可口。湿的是鲜货，做法是先将青苔做成糊状放在容器中，加上荆芥等调料，然后将烧得滚烫的鹅卵石投入，食客们围坐，用竹管或芦苇管吸食咕嘟嘟直响的青苔糊。据说炙烤后的青苔鲜香透骨。新中国成立前，头人每年都要指定寨子专司捞青苔进贡。

二是一种笋样的、长两三厘米的芽芽。我以为是姜芽，问了才知道是颇负盛名的石刁柏树根的芽芽，热炒、清炖都是上品。

我不由得感慨这里的植物真是丰富。

热带植物园的老张说，他刚到这里时，和我的感受差不多，后来发现傣族人对于植物分类自有一套：他们将木本植物归类为"埋"，将草本植物归类为"雅",将藤本植物归类为"哩"……你只要听到冠以"埋""雅""哩"的植物名字,就知道它是哪一类植物了。比如寨前寨后薪炭林中的铁刀木树,傣语就称之为"埋其栗"。在食用野菜时,更有一套烹调原则:山上的要炒,水边的要煮。

少数民族对植物的认知,令我惊叹。

花卉之王屹立在高黎贡山

回到昆明之后,作家朋友们各奔东西,我却留了下来,在夜以继日地校完了出版社催要的《呦呦鹿鸣》后,就奔赴云南省林业科学院、中国科学院昆明动物研究所和中国科学院昆明植物研究所,向专家们请教了。

记得去昆明植物研究所是4月24日。我忐忑地走进了所长吴征镒先生的办公室。他是著名的植物学家,是中国植物学界的泰斗。

我刚进门,就看见一位儒雅和善的长者微笑着迎了过来。他大概看出了我的拘谨,就说:"听你的口音,有安徽味道。"

"我是土生土长的安徽人,虽然在杭州读了几年大学,却怎么也没法把乡音改掉。"

"巧了,我的祖籍是徽州,是乡贤了。"他笑呵呵地说。

我乐了,精神松弛下来,我们愉快地谈起了家乡事。后来等到我说出采访的目的时,他却说:"抱歉,关于植物的问题不是三言两语说得清的,有个会还等着我。不然改个时间聊。如果你不便,就改到9月份吧,我今年要去你们那儿,有机会长谈。"

果然,那年9月15日,我兴高采烈地跑到他下榻的稻香楼宾馆,向他学习到很多植物学知识,更敬重他对后生不打诳语的风度。

他向我推荐了两位植物学家,要我先去找他们。冯国楣教授就是其中一位,我早就听说过他。

冯国楣1934年就在庐山植物园从事植物学研究。抗日战争爆发后,他和同事们跋山涉水,历尽艰辛,将植物标本运到了云南丽江,筹建了庐山植物园丽江工作站。当时丽江的工作条件相当简陋。我一直在想,在那样艰难的环境下,是什么促使他依然坚持植物学研究的?

那天下午我去拜访冯教授,竟然毫无拘束之感。他满头银发、红光满面、慈眉善目,很容易使人联想到弥勒佛。

我和冯老谈笑风生。谈到他所钟爱的花卉,冯老神采焕发。他说,中国植物之丰富是世界公认的,特别是花卉享誉全球,因而中国又被称为"世界园林之母"。

从17世纪中叶开始,西方就有大批植物猎人来到中国采集标本、引种。英国著名博物学家威尔逊,1899年到1911年间四次来到中国,足迹遍及神农架、长江三峡、四川盆地、峨眉山、汶川卧龙、松潘、康定、西藏边境、云南思茅等地,采得植物标本6.5万多份,发现了许多新种。他成功将1500多种原产于我国西部的植物引种到欧美各地栽培,极大地丰富了当地的植物种类。他于1929年出版的《中国——园林之母》,是他12年实地考察的经验总结。怀着感恩的心情,威尔逊在书的《前言》开宗明义:"中国是园林的母亲。"

冯老说,如果说中国是"世界园林之母",那么云南的花卉就是园林之母的"掌上明珠"。云南是北温带花卉最丰富的地区,其中最负盛名的当属"八大名花":杜鹃、山茶、玉兰、百合、兰花、报春、绿绒蒿、龙胆,以及云南特有的冬樱花。

冯老向我介绍了木本花卉之王——杜鹃花。全世界有900多种杜鹃花,我国就有500多种,占了全世界的一半还多,主要分布在云、贵、川、藏。光云南就有250多种,其中特产种60多种,是名副其实的杜鹃花分布中心。我国早在公元492年就有对杜鹃花的记载:"羊踯躅,羊食其叶,踯躅而死。"(陶弘景《本草经集注》)羊踯躅即黄杜鹃。特别值得一提的是,在檀萃的《滇海

开满杜鹃花的山坡(李珍英 摄)

虞衡志》中,有对云南漫山遍野的杜鹃花的描绘:"杜鹃花满滇山。尝行环洲乡,穿林数十里,花高几盈丈。红云夹舆,疑入紫霄,行弥日,方出林。"这是何等壮美的花海,犹如地球的彩带。作者笔锋一转:"因思此种花若移植维扬,加以剪裁收拾,蟠屈于琼砌瑶盆,万瓣朱英迭为锦山,未始不与黄产争雄,而弃在蛮夷,为樵子所薪,何其不幸也!"冯老讲到这里时表情严肃,对我说,每当想到现在有的地方引种的灌木杜鹃来自国外,就有切肤之痛,这种痛源自植物工作者心中的责任感。

1亿4000多万年前有花植物的出现,是开辟新纪元的大事,否则植物世界就没有今天这般繁荣。有花植物何其多,有观赏价值的大概也有一两千种,可为何独杜鹃花能获此殊荣呢?

原因有很多。首先便是杜鹃花品种之多令人叹为观止，它们五彩缤纷，有红、黄、白、橙、紫等色，这在观赏花卉中是少有的。杜鹃花千姿百态，有桶形的、漏斗形的、钟形的、瓮形的、碗形的等。单朵的俏丽孤傲，相聚成簇又可大到直径二三十厘米。每簇花由几朵、十几朵甚至二三十朵小花组成，将个体美与整体美融于一体。你只要听听它们的名字——红晕杜鹃、鲜黄杜鹃、迷人杜鹃、香水杜鹃、白雪杜鹃，就会引发无限的遐想。

杜鹃花的花期早，花期长，锦绣杜鹃、炮仗红杜鹃、翘首杜鹃二三月即花信萌发。想想白雪映红花的景色吧。观赏花卉中，春花和夏花多，冬花少，故而尤显珍贵。高黎贡山的杜鹃花，依着2、3、4、5、6、7、8月的时序，从低海拔一直向高海拔开放，11月还有杜鹃怒放。

杜鹃花不仅能长成我们一般见到的几十厘米高的灌木，在高山上，为适应气候，也能长成几厘米的垫状，更为奇特的是，它还能长成高大的乔木——二三十米高的雄伟大树！要想观赏乔木杜鹃，只有到云南、贵州、四川和西藏。它一树能开几万朵花！盛开的时候，云都被染红了，蓝天霞光迸射。想想看，在碧绿的林海上，竟然浮起一片汪洋的红艳，那是怎样的景象！

冯老跟我说起了他寻找大树杜鹃的圆梦之旅。

这要从一个叫福瑞斯特的英国人说起。他1904年来到云南腾冲，从事植物采集工作，从中国引种了很多植物到英国。1919年的一天，他正在森林中采集标本，偶然看见地上有一朵水红色的花，花大色艳。他抬头看到了红艳艳的一片，感到很可能是杜鹃花的一种。此树高大粗壮，是他从未见过的。于是他喊来了雇用的劳工，要他们砍倒这棵大树。这棵大树高25米，基座直径0.87米，胸围2.7米，年轮有250圈。在这里屹立了250年的寿星，竟然倒在了他的刀斧之下！很快，这个被定名为"大树杜鹃"的标本就在英国皇家自然博物馆里展出了，这下轰动了全世界！

冯老正是在研究高黎贡山花卉时发现了这些资料。他说，在滇西北研究植物多年,多次走过神秘的高黎贡山,去过被人们称为"畏途"的独龙江,但还从未见过大树杜鹃,也没发现相关报道。

难道是这个物种太少了?或者是它隐藏在高黎贡山的深处?又或者它已经消失?一想到此,冯老便觉揪心。他联想到自然所遭受的破坏,一股寒气不禁向心头袭来。冯老告诉自己:有生之年一定要找到大树杜鹃!

20世纪70年代末80年代初,昆明植物研究所支持了他的计划。然而出师不利,他们三次遇上险境,甚至有一次在中缅边界的森林里迷路,还被边防军当成了偷越国境的犯罪分子。

不过,冯老说,今年2月,他们走了几天的路找到大河头,在当地驻军、猎人的帮助下,做足了准备,终于在高黎贡山无人区找到了大树杜鹃,一睹它雄伟的身姿和满树红艳的花朵,圆了他几十年的梦!

最令人欣慰的是,找到的大树杜鹃不止一棵,而且树龄不一,更有幼苗!

大树杜鹃没有灭绝,它还茁壮地屹立在高黎贡山上,屹立在神圣的中国土地上!

这应该归功于高黎贡山的自然环境!欧亚板块与印度板块碰撞,造就了高黎贡山高山深峡复杂多变的地貌,使它拥有多样的气候带,并成为世界上难得的生物多样性的关键地区之一。

睿智大度的冯老,神采飞扬的冯老,眼中闪烁着的光芒、内心奔涌着的激情、坚韧不拔的意志、崇高的爱国情怀、强烈的民族自尊心、植物学家的责任和坚守……种种交织在一起,犹如电光石火激荡着我的心灵,使我思绪如潮奔涌……

我说,我一定要去认识神秘雄伟的高黎贡山,一定要去观赏一次木本花卉之王——大树杜鹃。

冯老很欣喜,哈哈大笑,犹如孩子。一下午,这是他最恣意洪亮的畅笑。

临别时,我强抑着不舍和激动,感谢冯老为我介绍了一棵神圣的大树——美丽的、独一无二的大树杜鹃,以及一座雄伟的、蕴藏着宝藏的大山——高黎贡山。我说,我一定要追随着他的足迹,到高黎贡山去寻觅大树杜鹃,欣赏它万花齐放的壮美,见识它怀抱的宝藏。

冯老却一改神色说,要去就尽快去,今天能看到的,明天就不一定能看到了。人什么时候才能醒悟,努力保护自然不受破坏?

离开昆明后,我并未回家,而是冒着挨批评、受处分的风险到了四川,参加胡锦矗、胡铁卿、夏勒博士对大熊猫的考察,前后断断续续6年。

我并未忘记冯老说的话,但那时我是一家杂志社的编辑,后又主编另一本杂志,写作只是业余爱好。更何况我认识大自然的计划是庞大的,各种探险活动只能穿插进行,且又受着各种约束。

直到1998年,那时我60岁,已经卸去工作,可以无所顾忌了。当年8月,我便和李老师一起匆匆赶到腾冲。朋友们直摇头,说雨季是进不了原始森林的。我不信,然而连续几天的滂沱大雨直接让我的计划泡了汤。

在林业部的朋友的帮助下,我们决定2002年2月再去寻找大树杜鹃。谁知好事多磨,李老师春节抱孙子天初下楼时,摔断了脚踝处的小骨。

4月初,我们终于到了昆明,我放下行李就去拜望冯国楣教授。冯老一见我就乐了:"哈哈,21年了,你还没忘记当年说的话,真是君子一言,驷马难追!你不忘当年的宏愿,坚韧,有毅力,这次去一定能成功!"他仍然笑得如当年那般豪迈、恣意、畅快。

我想见见当年和他同行的队员。联系了半天,只有昆明植物研究所已退休的杨增宏教授来了。他一到就告诉我们:"今年2月,在找到大树杜鹃的21年之后,冯老又把我们聚在一起,一是为了纪念那段不平凡的岁月,二是冯老计划在山外繁殖大树杜鹃,让世人欣赏到它的美丽!它是国宝啊!恩师今年85岁,我比他小10岁,但大家都说一定要完成他的心愿。这是对世界最好的贡献!"

高黎贡山原始森林(李珍英 摄)

听得我热血喷涌。生命之树常绿！这是对大树杜鹃最好的保护。

也正是在这次拜访中我们得知,根据这几年的考察和研究,发现大树杜鹃只生长在高黎贡山,分布地区狭小,在高黎贡山的泸水和最北端的独龙江有其身影,现存数量1000多株。

可喜的是,腾冲的林学家们发现了一棵更高大、更古老的大树杜鹃。

它高30米,基干直径3.07米,树龄竟有650多岁！

林学家们居然还找到了当年福瑞斯特砍倒的那棵大树杜鹃的树桩。

我们真是欣喜若狂。好极了,我们这次就去拜访这棵大树杜鹃,与它约会,与它相谈。

于是,我们带着马帮、帐篷、行囊,一行六人,艰难地跋涉。在翻越海拔近

3000米的大山硇子时,李老师差点跌下悬崖。

在深夜遭遇黑熊来袭后,我们在晨雾中迎来了新的一天。晨光抚摸着原始森林里的巨树,到处弥漫着远古传来的气息。又走了几个小时的路,大树杜鹃已在眼前。任何言语都难以形容我们的喜悦。

大树杜鹃"树王"是生于几百年之前,至今依然鲜活的生命,不愧为名木古树。

然而,我们没有看到似锦繁花,因为已过花期。

后来,大家都在谷口等着返程,只有我仍然伫立在大树杜鹃王下仰望。李老师说:"怎么还舍不得离开?你太追求完美了。留点想头不是更好?它让你时时想到它,想到还要来看它鲜花盛开……"

没想到她的这句大白话竟成了谶语。

之后多少年,这种遗憾一直伴随着我,我耿耿于怀,但又不明白这是一种什么样的情愫。我说不清楚。

然而花朵毕竟是大树杜鹃最靓丽的青春、传承生命的神器,没看到它,实为遗憾。

在后来的近10年里,我和李老师探索过"水之源"(去三江源探险,饱览黄河、长江、澜沧江的奇异),探索过"山之源"(两次横穿中国,从南北两线到达"万山之祖"帕米尔高原),也探索过大海(四下海南,两赴西沙群岛),然而,我对大树杜鹃王的思念有增无减,它伴随着我在沙漠、雪山、冰川中跋涉。

这些年,关于大树杜鹃王的信息,我时有耳闻。当听说已经650多岁的大树杜鹃王被雪压断了一枝后,我按捺不住了。我也已经80岁了,还能等待多久?

2018年2月20日,大年初五,我和李老师从合肥乘飞机到昆明,再转到腾冲,在机场与郑云峰相见。

21日，我们赶了七八十千米，到达了大塘保护站，也就是我们的营地。

22日清晨，我们就出发了。登山的途中，不断有观瞻大树杜鹃王的游客从身边走过。我很感动，人们为什么不远万里一睹大树杜鹃王的壮美？我想，正是因为对生命的赞美、对生命的热爱。

我开始明白自己16年来为何对大树杜鹃王如此思念。

啊，大树杜鹃王，依然岿然挺立，满树红花如火，如云。云红了，天红了，山谷中弥漫着胭脂雾。

我终于观赏到了你最靓丽的风采！16个春秋的思念，16个春秋的向往，5000多天的期待。

"你好！'80'后的顽童来看你——650多岁的寿星绽放的鲜花了！"我差点把这句话喊出。

记得16年前我来时，有人对我说，在它的盛花年月，一树会绽放三四万朵鲜花！那是何等壮丽！

红花绿叶的大树杜鹃王

为什么人们不惜用一切美好的词汇来赞美花朵，以献花来表示敬意、友谊和爱情？

因为花是美的典型，集灵气、神韵于一身。美即是花，花即是美。

一朵花就是一首诗。有人说，没有花就没有诗。

一朵花就是一幅精美绝伦的画。有人说，没有花就没有画。

中华民族对花充满了热爱和尊崇——华夏是花的部族,中华是大地中央的鲜花。连字典上都明确阐明,在汉语中,"华"和"花"同义,两者都自繁花盛开的草木的象形演化而来。"繁花似锦"也即"繁华似锦"。汉语传承着民族的智慧,博大精深的文化蕴藏着对自然的崇敬。

花是母树青春里最靓丽的风采。植物学家说,花朵是植物创造新生命的神器;哲学家说,一花一世界;考古生物学家说,有花植物的出现,开创了绿色植物的新纪元。

就在我瞻仰身前的大树杜鹃王和后岭它的子孙时,李老师附在我的耳边说:"现在该心满意足了吧?既有绿叶,又有满树红花,这不就是你心心念念的大树杜鹃王吗?"

是的,我明白了——我要将壮美的大树杜鹃王赠给每个人,种植在心灵家园,四季常青,鲜花绽放,鸟语花香!

精彩的"人类两面书架"

正是在高黎贡山,我们巧遇了李恒教授。

我们穿越了大峡谷,再沿着普拉河谷古驿道去独龙江,却在其期东哨房垭口被堵回贡山县,巧遇李恒时,才知道无意中竟然步了她的后尘,跟她走的是同一条考察路线。这是巧合,还是冥冥之中某种机缘?

2002年4月,我们在瞻仰了大树杜鹃王,走出无人区回到腾冲后,并没有回合肥,而是溯南方陆上丝绸之路永昌古道,翻越到高黎贡山的东坡。一是想再深入了解冯老口中的高黎贡山;二是想沿着怒江大峡谷走到独龙江,在海拔高的地方看到迟花的大树杜鹃的花朵。因为冯国楣教授说,在泸水和独龙江也发现了大树杜鹃。

水色撩眼,怒江就在山下,如一领青带飘逸。潞江坝尽收眼底。怒江被南北纵向的高黎贡山和碧罗雪山相挟。高黎贡山的最高峰是贡山县的楚鹿腊卡峰,海拔5128米,而潞江坝海拔只有600多米,这形成了高差4000多米的怒江大峡谷——号称"东方第一大峡谷"。大峡谷是民族迁徙的大通道,据说如今生活在峡谷两边的怒族、傈僳族、藏族、白族早先都是从北面的青藏高原追逐温暖的气候一路向南迁徙的,而这里的原住民景颇族却不见了行踪——他们已迁徙到更温暖的南方。

而千万年之前的一次伟大的地质运动将高黎贡山从炽烈的古热带大陆向北推进到了450千米之遥的温带,同时带来的居民(生物)是怎样适应的?与当地的居民(生物)是如何融合的?

正是人与大自然的相向错位运动构建了高黎贡山这一精彩的资源宝库,它向人们展示着丰富的动植物资源和多彩的人文风情,就像储存着自然知识与人文知识的"两面书架"。而它久远的生命中也孕育了恢宏的史诗。它的多样性和多变性,无时无刻不在给我们以惊讶与震撼。

我们刚到达潞江坝,就感到热气扑面而来,只得赶快脱掉毛衣。放眼望去,咖啡树上盛开的白色花朵挤满了枝头,木棉花火红,龙眼已结了幼果,木瓜、阳桃飘香……一派热带风光。

高黎贡山海拔高差的不同,形成了气象迥异的多样性生境,造就了生物的多样性。

我们从潞江坝进入怒江大峡谷,开始溯江而上数百千米的行程。晚霞铺天时分,我们终于到了怒江傈僳族自治州的首府六库。

州府所在地六库坐落在滇西纵谷的中心地带,是典型的河谷城市。保护局的马局长热情地向我们介绍了当地情况。我也告诉他我考察的首要目标是认识高黎贡山的"立体博物馆"和"两面书架",特别是想寻找还在开花的大树杜鹃。马局长表示欢迎。

郑云峰回保山了。马局长请了局里一位小伙子做我们的向导,巧了,他也姓郑,叫郑波。小郑特意领我们去寨子边见识傈僳族同胞的饮食。在饭堂外等饭时，我看到旁边山坡下一丛蓝色的花很奇特，便走了过去。

还未走到花丛边，就见一条黑褐色的蚯蚓在干燥的沙地上翻腾。走近后才看清，它正盘曲着身体蹦跳挪移。是被蚂蚁或什么小虫咬到了吗？看不清，但我发现它的颜色挺怪异的。我在巢湖边长大，钓鱼摸虾怎少得了蚯蚓？我们钓鱼时总会挖一种红色蚯蚓，但还有种更大的青色的蚯蚓，有股怪味，我们管它叫"臊蚯蚓"，钓黄鳝常用。这种黑褐色的蚯蚓我从未见过，不禁审视起来。

呀，它不是蚯蚓，它的头是钝圆形的，身上有鳞片。再说它能跳那么高，似乎是脊椎动物。

我正在疑惑不解时，一位身着怒族服饰的老人说："是盲蛇。"

盲蛇？我天南海北跑了几十年，从未见过这种动物，于是赶紧往住地跑，去取照相机。等我气喘吁吁地跑回来时，那条盲蛇已经不见了。我突然想起20多年前跟随科考队在皖南山区考察时也遭遇过毒蛇。当时有队员被咬中毒了，幸好研究两栖爬行动物的程教授赶来，进行了紧急处理，当晚还给队员们讲解了毒蛇防护知识。我依稀记得他提过盲蛇的大名，他说盲蛇是穴居的隐者，环境使它丧失了视觉。它只有七八厘米长，比一般的蛇细小许多，无毒，以蚂蚁和白蚁为食。可它为什么从藏身的洞穴里跑出来？是受到敌人追击，还是明天将有大雨？

我在附近没有见到那个怒族老人，但从他刚才淡定的神色推测，盲蛇在这里并非罕见。

我心中一直惦记着寻找开花的大树杜鹃，于是第二天就动身往泸水赶。我们的住地在碧罗雪山，泸水在江对面的高黎贡山。谁知刚爬到高黎贡山东边，迎头就是雨，越爬高，雨越大。小郑说，老天不帮忙，再往前恐怕更糟，可回吧，雨中啥也看不清。我说，走到哪算哪。

不久，车子就钻进了密密的森林。天色更暗了。山上全是高大的阔叶林，树高多在三四十米，十分粗壮。开车的师傅只好打开车前灯。再往前开，路遇一处悬崖,因为太险了,我们只好在旁边停下。

这时,雨渐渐停了,天也明朗起来。我被一树紫红的杜鹃吸引,刚下车往那边走了几步,就被小郑大喊一声拽了回来。原来,两三米开外正挂着个大马蜂窝,吓得我目瞪口呆。

上了车,继续向前,窗外的冷杉、云杉渐渐多了起来。海拔越来越高了。

车在山道上盘来盘去,老天也忽雨忽晴。就在这时,我忽然感到寒气逼人,师傅将暖气打开。小郑解释,这是在过风雪垭口,海拔3000多米。他还让我们把车窗摇下,看看外面。

真的,山上都是灌丛和箭竹,大片的草甸色彩斑斓,与白雪相映。小郑说,那是杜鹃灌丛,只有三四厘米高,铺在雪地上,格外好看。

我想下去看看,被制止了。他们说别看现在是4月,可能转眼就会下雪。

果然,刚过风雪垭口,车顶就像鼓点一样敲了起来——冰豆又大又密。

车速明显快了,直到听不到冰豆的敲打声。这时,天空也明朗起来。司机长长地舒了口气:"这里的天真像孩儿脸。"

"好险,幸亏我们过来了,要是被暴风雪阻在垭口,那可有罪受了。"李老师正想说话,小郑立即说,"别不信,两位老师,你们看到垭口山崖下有座小房子了吗?那就是为遭遇暴风雪的人准备的。高黎贡山的气候就是这么怪。这里人常说:'一山有四季,东坡西坡两重天。'昆明植物研究所的李恒教授来这里考察过几次,说正是由于相对高差大,形成了多变的垂直气候带,才使高黎贡山的植物如此丰富多样。"

这是我第一次听到李恒的名字,但当时我的兴奋点还是植物世界。能和植物学家走同一条路,说明不虚此行。

车停下了,小郑说要领我们去看大树杜鹃。

我和李老师顿时来了精神,充满期待地跟着他走进了森林。这里满眼皆是高大的、粗壮的乔木。林下的灌木丛中有种淡黄的杜鹃花,还有种透着明丽红艳的白杜鹃,野花更是遍地都是。

"我们到了,两位老师快看看大树杜鹃在哪里。"郑波说。这小子是在考我们了。

这里没有开花的树冠,但我还是发现了大树杜鹃,站在旁边说:"这棵就是大树杜鹃,那边的一棵也是。"

"怎么证明?"这小子不依不饶。

"它们自有一种说不清的神韵!"我说。

"别故弄玄虚啦,说具体一点。"到了山野,都成了孩子。这个毛头小伙子,没大没小的。

我一本正经地说:"你看,它的叶子大,还泛着金黄,说明雨季一到,就要换叶了。数数它的叶脉吧,最少有二十四对。"

郑波欣喜得使劲拍巴掌说:"我服了。你们是真的热爱植物和这座大山。这次你们想到哪里,我都敢领着你们去了。"

其实,那是杨增宏教授教的。1981年,他们进山遭遇挫折而心生失望时,就是从一棵幼树的树叶脉络数量的规律性变化中得到了鼓舞,循着这个规律才找到了日思夜想的大树杜鹃。

不久,西坡也下起了雨。等我们到了与缅甸接壤的片马时,已大雨如注。参观了片马人民抗英胜利纪念碑后,郑波说:"赶紧回吧,还不知风雪垭口落雪没有。别为没看到大树杜鹃的花而遗憾。高黎贡山的地理环境复杂多样,植被和气候不仅有垂直分布带的差异,还有南北水平带的不同。到北面的贡山、独龙江,说不定还真能看到大树杜鹃的花哩。"

真得感谢他的善解人意。其实,我已经很满意了,一是在这里看到了大树杜鹃;二是在这样的天气考察高黎贡山,让我对植物东西坡的垂直分布有了感性的认识,这将有利于后面的行程。

按理说眼下正是旱季,可天时晴时阴,今早天又阴沉了。

出了六库,我们仍沿着高黎贡山东坡,也就是怒江的西岸行进。数千米后,江边热气蒸腾,显然是一处温泉。大峡谷两岸的温泉虽不如腾冲那边(高黎贡山西坡)密布,但也数量可观。

刚巧,怒江在这里拐弯,形成一大片河滩。天际忽然朗朗,涌出的温泉在黑色的岸石处形成了天然浴池。

郑波说,傈僳族同胞素有在新年沐浴,除去污秽、迎接吉祥的习俗。每年这时,宁静的山谷河畔便会帐篷林立,热闹非凡,男女老少齐集温泉边沐浴、对歌。这就是颇负盛名的"澡塘盛会"。这里是最具规模之处。

听了郑波的解说,我耳边似乎缭绕起充满激情的歌声。

峡谷愈加陡峭了,怒江狂暴起来,横冲直撞,掀起如雪的巨浪。浓淡不一的云如幽灵般在两边山崖上游荡,使峡谷更显幽深、神秘。这就是著名的老虎跳。我们已进入了怒江大峡谷最陡险段。

刚过子里甲乡,就见山崖崩塌,一座小山丘将路堵得严严实实,好在没有压到车辆。心惊之余,我们只好退回子里甲乡。

今天赶到贡山县城的计划泡汤了。直到傍晚路才通,我们只能夜宿福贡县城的上帕镇。

福贡是怒族、傈僳族等的聚居区,朋友安排我们认识"人类的两面书架",领略傈僳族的风情。寨子坐落在山坡下,被红花绿树掩映,翠竹婆娑。

刚到达寨子里一家的门口,几位穿着红背心、白裙子的怒族姑娘,已端着竹筒酒立在那里,说是要喝三杯进门酒。我和李老师本都不胜酒力,她却豪爽地一连喝了三杯,我也只得硬着头皮"偷工减料"喝下了进门酒。

歌声扬起,姑娘们一边唱着动听的歌子,一边频频向客人敬酒,名头繁多——同心酒、交杯酒……且喝酒的方式各异。就说喝同心酒吧,必须是男女挽颈,同饮一杯酒。我是一米八一的大汉,占有绝对的高度优势,正在庆幸可以少喝一杯时,一位姑娘却端来一个小凳,站上去……歌声突然热烈起来,那歌词的大意是：

> 喝酒啊,心爱的人!
> 酒是天地酿造的甘露。
> 今天难得相逢,
> 甘露在心中留下永久的情意。
> 喝酒啊,心爱的人……

歌声飘荡在森林、草地、江边……没有忧伤,只有欢乐。

如此反复,咏叹,伴以轻盈的舞步、满面的笑容,使你难以推辞,只好连连把天地酿造的甘露灌进肚里。我经历过蒙古族、藏族、维吾尔族兄弟的进酒,同样是如此豪放热情。

姑娘们端来了傈僳族人待客最好的簸箕饭:在一篾编的圆簸箕中放上米饭,上面有牛肉和各种调料、蔬菜。大家围坐四边,用手抓饭。菜多为野菜。有种竹叶菜,是采自雪山的,微苦,但脆嫩爽口。由此可以看到傈僳族兄弟对野生生物世界的不凡认识。

分别时,主人送了我和李老师各一套傈僳族的服装,奖励我们良好的表现。

第二天早晨,我们想尽了办法,才将沉醉的小郑拖上了车。

乌云爬坡,并不宽敞的天空中飘着小雨,路况愈来愈差。昨天的大雨使山石还在不断向下崩塌,碎石时时将车顶砸得噼啪响。

李老师是第一次见到溜索飞渡,很兴奋。溜索分上下两根,来去不同。只见对岸浓荫掩映的山寨边,一处大岩上,一根铁索伸向这边,这边大崖上也有铁索飞向那边。此处设立飞跃天堑的铁索原是为了连通两岸交通,而现在的铁索飞渡已有旅游项目的性质。

我们正在向傈僳族大嫂询东问西时,一位姑娘花十元钱买了张票。一个小伙子将她领到崖上,帮她整理好坐兜,将挂钩的一端系在她身上,又将另一端扣到铁索上。只听哧溜声骤起,两人即已在汹涌的怒江上空。峡谷中刚刚响起姑娘的尖叫声,那如飞的身影已轻盈地落到对岸的岩上,传来历险后畅快的大笑。

冒险是快乐的!

据说当地姑娘和小伙子常常坐溜索谈情说爱,那是何等浪漫!

在怒江大峡谷中,"石月亮"有着响亮诱人的名号。我们到达那里时,只见对面山峦上云遮雾罩,细雨霏霏。直到我们探索了其期之后回程时,灿烂的阳光才照耀着大峡谷。对面奇峰兀起,峰的中下部豁然洞开,透出蓝天白云,如悬起的一轮明月。可以想象,在夜晚,透过石洞看去,月明星耀,将是如何一幅奇景。我们想去探访,向导说,那连绵的山峰都是大理石,那穿洞也是天然大理岩溶蚀而成,我们在这里看觉得不大,实则洞深百米,高约60米,宽40多米,没有整整一天是不可能爬上那座看似平缓的山峰的,更别提这些悬崖绝壁了。

我们只能久久地眺望着石月亮,思索着傈僳族同胞为何对它如此崇拜,为何早在创世纪的神话中就有它存在。

贡山独龙族怒族自治县县城在怒江大峡谷北段。此处是三江并流最狭窄处,典型的高山深峡。青色的江水中映着绵绵的雪山银峰。

独龙族是个只有七千多人的少数民族,居住在独龙江大峡谷。

我们想在走完怒江大峡谷之后,再去寻找盛花的大树杜鹃,探访那个至今依然不断有新物种被发现的神秘的绿色世界。

花了不少时间,我们终于穿越了300多千米的怒江大峡谷。大峡谷的风光让我们初识了"人类的两面书架"的精彩,让我们产生了更近地探求高黎贡山的想法,于是,我们开始做起去独龙江的准备。

去独龙江有两条路:一是简易公路;二是历史遗留的、拓荒者用双脚走出来的茶马古道。我们花了两天时间去探路，都被大雨和泥石流阻拦，不得不返回。

显然，乘车去是不可能了。然而我毫不沮丧，反而心中窃喜，因为我更想去走茶马古道，在历史和现实的穿越中，领略自然和人文之美。

我们终于用"量天尺"迈上了茶马古道，流淌翡翠的普拉河迎接我们，伴随着各色杜鹃花、兰花扑面，森林焕发出迷人的色彩。李老师欣喜若狂，逢人便说无论你站在哪个地方，只要举起照相机，每张照片都是艺术品。

最令我惊奇的是，我指着不认识的植物，纳西族的小何总是能报出名字：这是珍贵的水青树。李恒教授教他认的古老植物。

这是大托楼梯草，也分布于西双版纳。李恒教授说西双版纳的植物在高黎贡山能找到，高黎贡山的很多植物却不在西双版纳生长，这对植物区系的研究很有价值。

有种草本植物叶背长有细密的小刺，独龙族小伙子说叫"和麻"，小何却说是"水麻"。两人争了起来。直到小何说，李恒教授说"和麻"可能是独龙族的叫法，学名应该叫"荨麻"，这才让独龙族的小金心服口服。

我们在小何的指引下，认识了淡黄的瑞香、紫金牛、红艳的珊瑚兰、铁线莲、贝母兰、虎头兰、云黄连……而每种植物似乎多多少少都与李恒教授有关，好像她时时刻刻都在我们的队伍中。小何对她的崇敬引起了我极大的好奇。

小何说，李恒教授是昆明植物研究所的老教授，自1990年来这边考察后就经常来。每次过来，他们局里都派人当向导，他就有幸给她当过向导。小何说，她是最好的老师，总是有问必答、诲人不倦。你若不问，她还主动跟你讲，这是什么植物，为什么只有在水边才能找到，它有什么用途，等等。跟她时间最长的老陈，现在都成局里的植物学专家了。

小何说，李恒教授刚来这里，就做了一件轰动贡山县的事。那是1990年10月，李恒教授率三人进入独龙江，而在这之前，还没有哪个植物学家冬季考察过这里。要知道这里一年里有半年是大雪封山的状态，而且当时独龙族基本还靠刀耕火种，没什么条件提供帮助。她说要去填补空白，不仅是为了科学，还想利用那里丰富的资源，发展少数民族的经济。她硬是头年10月进去，第二年6月才出来，整整8个月，说九死一生也不为过。那时她已经60多岁了。谁能不崇敬这样的人？大家都称她为"独龙大侠"。

我心里同样涌起一股崇敬之情，同时感到自己是在追随她的脚步去认识这里的植物世界。

经过一整天艰难的跋涉，我们终于在傍晚走到了茶马古道上的古驿站——其期。

其期在大雪山脚下，由两三排房子围成一个大院，现在不仅是保护站所在地，而且是转运站。在大雪封山或公路不通时，所有要运进独龙江的物资都集聚在这里，然后由人背着翻过雪山垭口，送到独龙江。独龙江的日常用品，包括盐、粮食和建筑材料等，都是从贡山县城运去的，据说每年要运四五万斤物资。

其期也是明天翻越雪山垭口的最后营地。我们满怀期待地走了进去，谁知保护站的朋友当头泼了一盆冷水——垭口仍被冰雪封锁。我知道雪山垭口的险恶，1981年在川西参加大熊猫考察时听他们说过，四五月份还要用炸药将垭口的冰雪炸开。

我们都瘫坐在石阶上，看着银峰上焕出的绯红云霓、林中袅袅的地气，听着普拉河的轻声慢语。

小郑走来，拉起李老师："夜晚深山寒气重，出了一天的汗，这里坐不得，快去火塘边。"

火塘架子上的水壶吱吱作响。小金从背篓里取菜、拿米。温暖的水汽和逐渐传来的食物的味道让人心中越发平静。

水开了，我将自带的黄山毛峰放到几个人的杯中。不久，火塘边连连响起

"好茶"的声音,来自黄山的精灵让我们消减了疲惫。

第二天一早,普拉河上空浮荡着云带,云花在森林的树冠上游动,鸟鸣声响彻山谷。高黎贡山素有"鹛类王国"之称,画眉和各种噪鹛都是歌咏能手。

离开其期保护站,未走多远,便拐进山弯,一条银瀑飞流直下,山谷里响起隆隆的水击声。转出山弯,风带来了一股幽香。我判定香源在河边的台地,那里林子茂密。

刚进入林子,便看到一丛虎头兰张开笑脸迎接我们,它附生在大树的齐腰处。好家伙,何止一丛,在它的周围有四五丛哩。除了虎头兰,还有贝母兰,简直是个兰花世界。虎头兰花朵大,内面红的、黄的、黑的斑点形成了它多姿多彩的形象。贝母兰的花朵秀丽、妩媚,几颗雨滴尤使其晶莹如玉。

它们接受宇宙的甘露,洋溢着山野的灵气,无比生动、鲜活。这是任何盆栽兰花都不具备的风韵,这种美只有在大自然中才能欣赏到。

我正准备迈脚过去瞧个仔细,衣角突然被拉住,回头一看,才发现小何正朝我努嘴,让我看地下。我移过视线,突然眼前一亮——几棵脆生生的小草簇生在苔藓中,它们只有三四厘米高,叶脉舒缓别致,看上去犹如一幅天然的油画。我像是在哪里见过这样的宝贝,猛然间却想不起来。

"云南黄连!"

对,是黄连!我在黄山考察时,曾采到过它。

都说黄连苦,但贡山的朋友说到黄连时犹如说到了人参,神情自豪:苦中蕴藏着宝贵。贡山的黄连,似是能治百病的良药。我曾亲眼看到人们用它泡茶,时时体验苦中的甘甜。连李恒教授说到贡山黄连时,眼里也闪着特殊的光芒;还说,这种资源须要特别加以保护、珍惜。

不久,我又发现了一大片。几十株黄连在墨绿的苔藓、地衣中,显得格外耀眼。小何小心翼翼地挖出其中一株的根部,发现根茎尚小,看样子是一年生的新苗。为了寻找成年的黄连,我继续向上,爬上了一块五六平方米的平崖。

这里有点特别,脚踩在厚厚的苔藓上,有种异样的感觉。我禁不住诱惑,扒开苔藓,啊,是红色的湿润的树干!再一打量,这是一棵从根部就开始倾斜的大树。苔藓常年附生积累,已使它成了一块小小的、能容纳我们几个人站在上面的平地。这是一棵多么巨大的树啊!它向河边倾斜着,可眼前的树丛挡住了我的视线。

我对小何说出了发现,就急忙跨过一个崖宕,向树丛的另一侧绕去。连续跨过几个崖头,才看到了它侧面的枝干和树叶,是针叶,银绿色的。

"红豆杉!好大一棵红豆杉!这里我至少来过三次,怎么从来没发现它?"小何喊起来。普拉河谷真是不断给我们惊喜。

但这里地形复杂、植物茂密,我们几个人只好从崖缝、树隙中窥视这个"巨人"。据我目测,它的胸径总在1米八九,树干20多米,枝头伸向河的上空。以林学家说的红豆杉平均每年胸径生长1毫米左右来推断,这棵红豆杉当是一两千岁的寿星!虽然树干已倾斜,但仍枝繁叶茂,生气勃勃。

小何说,它应该被列入名木古树,被妥善地保护起来。

我爬上了一个岩头,正准备拍张照片,小何的声音传了过来:"刘老师,当心脚下。"

岩石上布满苔藓、蕨类植物。有一株伏在石上的伸出茎叶的植物很奇特,开着淡淡的黄花,花似杜鹃,又像兰花,我还从未见过。

小何跳了过来:"刘老师,你一定见过附生在大树上的石斛,但这种你肯定没见过。"

"它也是石斛?"

"错不了,是另一种。石斛属兰花科,不仅是药用植物,也是具有极高审美价值的观赏植物。石斛有串珠石斛、流苏石斛、曲轴石斛、兜唇石斛等十多种,既有附生的,也有在岩石上、林下生长的,还有人见过在房顶瓦缝里生长的鼓槌石斛呢!"

在大自然里,我时时感到知识的贫乏。在这块神奇的土地上,我简直不敢挪动脚步,生怕一脚踩下去,就伤害了一个美好的生命。

路上来了人,是保护站巡山的。他告诉我们,凌晨有两人从东哨房垭口退回来了,冰雪堵得严严实实,过不去。

我们只得沮丧地彻底取消从古驿道去独龙江的计划。

刚回到贡山住下,小何就急匆匆地来报告:李恒教授从野外考察回来了,而且和我们住同一个旅馆。这不啻是一阵春风,瞬间吹散了我未能去独龙江而郁结在心头的阴影。

原以为她是女中豪杰类型的,她与小何的故事中,或故事给我的想象中——与在野外叱咤风云地探险、考察的科学家大相径庭。她个子不高、清秀,眉眼睿智、微微含笑,淡定、大度,满溢慈祥——人格魅力形成了强大气场。

她似乎察觉到了我的神情,问:"你们穿越了怒江大峡谷?"

我说:"是的。奇、雄、险、绝、秀让它占全了,太美了!"

"我第一次去,也很震撼。多样的环境让那里的植物资源非常丰富。对普拉河谷的印象如何?"她接着问。

"与大峡谷相比,它是袖珍的植物园,有很多难得一见的植物。"我说。

"看到秃杉了吗?它占据了整面

独龙江区域巍峨的秃杉群落(李珍英　摄)

山坡,几近纯林,树龄可能近千年,这是中国最大的秃杉野生群落!"

我说:"看到了,看到了,有种动人心魄的美!一路上,你的学生小何就用'快看到秃杉了'给李老师鼓劲,要不,那天我们走不到其期。小何把跟你学的知识又教给了我们。真的,这一路,我们就像是跟着你一步步走,学到了不少知识!"

说到这,大家都轻松起来。

她又跟我们说起1990年在独龙江那8个月的考察,以及现在正在进行的高黎贡山考察。她说:"高黎贡山特殊的地理环境孕育了丰富的生物多样性。我们已经发现了不少植物是高黎贡山的特有种。"

我有些不解,说:"你对高黎贡山的植物已经研究20多年了,大部头《高黎贡山植物》也已出版,可你为什么还要每年过来考察?"

她说:"那本书只是阶段性成果。高黎贡山的植物太丰富了,要将它研究透彻,把科学转化为生产力造福于民,再研究十几年都不够。就拿植物种类来说,书上说种子植物有4303种,实际上不止这个数,通过近两年的考察,我们就发现有不少未被计入的植物。现在我们仍在做基础工作,为研究植物生态学、植物资源学、植物地理学、植物化学等打基础,为后人铺路。"

她不仅给我们讲解了高黎贡山植物世界的神奇,还展示了壮丽诱人的美景。她如大山一般庄严,话语也如大山的物藏一般丰富,整个人都散发着蓬勃的生命力,若不是小何告诉我她已70多岁,我会以为她只有50出头。

这位植物学家的理想和坚守深深地感动了我。冯国楣先生使我与高黎贡山结缘,而李恒教授使我决心去认识这座雄伟的大山,跟随她的脚步,做植物宇宙的守望者、探索者。

于是,我有了三闯独龙江、六探高黎贡山之行,有了2006年、2018年再次拜访李恒的机缘。

第三章　仗剑独龙江

原本山川　极命草木

植物学家心中都有一座神圣的殿堂，或是某一神奇的植物群落，或是某一神秘的植物王国，或是某一人们尚未认知的植物世界。

高黎贡山的植物世界就是李恒心中那个最神圣的、等待探索的殿堂。

1990年10月，李恒教授将率领三位队员去独龙江考察越冬植物，填补植物学研究的空白的消息令人瞩目。我虽不是当时的亲历者，但感到其中的缘由不外乎如下：

其一，是对李恒本人的质疑。

虽然中国科学院昆明植物研究所历史悠久，人才荟萃，但李恒并非科班出身，而是半路出家。1961年她来到昆明植物研究所之前，职业是俄语翻译。转行之后，她虽然工作了20多年，但从那个年代过来的人大约都清楚，满打满算不过工作了10多年。她是否有能力独立率队去拓荒植物学研究领域，是个问号。做科研并非有决心、能吃苦就行了，还需要有学术功底。

其二，独龙江独特的地理位置，使考察困难重重。

说独龙江隐藏在中国西藏、云南和缅甸交界之处毫不夸张。它处于青藏高原、云贵高原、横断山脉的连接处，即东喜马拉雅弧形构造的大拐弯处，有着最复杂的地质背景。雪山层峦的阻隔，使那里几乎与外界隔绝，一年中有半年无法来往通行。

独龙江是我国少数民族独龙族的聚居区,因为交通闭塞,这里的社会经济发展一度滞后。20世纪50年代,人们才结束穴居、树栖的"太古之民"的生活;90年代,独龙族仍使用只在自己民族流传的独龙语,用刀耕火种的原始方式进行生产;直到今天,这里还被称为"人间最后的秘境"。

独龙江地区是多雨区,年降水量在2000毫米以上;3月下旬到10月为多雨季节,10点才能看到太阳,平均日照4小时。因而瘴气弥漫,毒虫、毒蛇特别多。

李恒已年过花甲,考察团成员除了她,只有三个人——一个学生,一个负责摄影、画图,一个负责安保。是什么促使李恒教授决心去闯独龙江呢?她是怎样说服领导的呢?

李恒对高黎贡山倾心已久,她清瘦的身躯中蕴藏着一股闯劲、倔强和坚毅,就像常年不息的涓涓溪流能劈开万仞山崖。李恒曾回忆她当时决心在冬季考察独龙江的原因:

"一是独龙江在自然科学上是一个神秘的地方。前辈俞德浚、冯国楣先生都在求索时期到过独龙江考察,吃过难以想象的苦,甚至有民工被冻死,然而采集了很多标本。这个植物世界给他们最深刻的印象是什么呢?——'许多植物类群一翻过高黎贡山就变了',即同一类群的植物,在高黎贡山的东坡和西坡就变异了。

"但由于气候、地理条件的制约,前人考察和标本采集都是在气温较高、雨水较少的7—11月进行,12月至翌年的6月几乎无人涉足独龙江。再是,即使收藏在其他标本馆中的独龙江的标本,多是花果不齐全,进行分类和区系研究都很困难。在1991年之前,在独龙江采到的标本尚未进行过系统鉴定,缺乏名录,更无区系报道。独龙江的植物世界仍然是个谜。"

对植物世界的考察,也和世事一样,仅有目标和理想是不够的,还需要机缘。就如人们常说，机会是留给有准备的人的。

二是当时一个很好的机缘悄然来到。1987年，吴征镒先生的全国第一号重大基金项目"中国种子植物区系研究"启动了。这个重大项目是为中国植物绘地图。既是地图，就要分块。这个项目被分解为20多个二级子课题。2个重点课题需要填补空白，其中一个就是独龙江植物的区系考察。

李恒欣喜若狂，马上开始准备资料，极力争取这个课题，虽然当时她已年过花甲。

她能得到这个课题的最重要的原因并没说，其实也没必要说，因为她这么多年奋斗取得的成绩是有目共睹的。

李恒1929年生于湖南衡阳，1952年进入北京外国语学院学习俄语，1956年毕业后被安排在中国科学院专家二处从事俄语翻译，为"中国自然区划"项目的主要负责人——中国科学院副院长竺可桢、中国科学院地理研究所所长黄秉维做过翻译。她工作积极负责，兢兢业业。口语翻译是很辛苦的工作，苏联专家和中国专家要经常就自然区划问题进行讨论，口语翻译必须跟上；同时，五一国际劳动节、国庆节、十月革命等节日，中国科学院都要开会庆祝，院长郭沫若、副院长竺可桢、苏联专家都要讲话。那时是翻译最繁忙的时候，头天拿到讲话稿，立马就要通宵达旦地翻译，尤其是在涉及区划问题时，大家各抒己见，工作更是紧张，但李恒都扛住压力，出色地完成了。

1958年，苏联专家回国了，她继续翻译有关中国区划的文献。1959年，她被下放到安徽参加劳动锻炼。1960年，她到地理研究所主办的《地理知识》做编译和校对工作。然而，就在这短短的两三年中，李恒已发表或独立或与人合作的译著近30篇。其中包括中译俄的《中国植物区划》、《中国动物区划》、《更多地关心地理描述的艺术》（地理论文选集）。应该说，她的才华已得到了认可。

正当她在翻译上崭露头角的时候,她的人生历程却发生了戏剧性的变化。

事情的起因是她先生的工作调动。她的先生王今维是园林设计专家,在北京植物研究所的植物园工作。那是1961年春,地理研究所所长黄秉维把李恒请到办公室,说昆明植物研究所请求调王今维到云南西双版纳工作,支援那里正在筹建的我国第一座热带植物园,问李恒是否愿意全家一起过去。言下之意,也可以不去。北京毕竟是首都,而云南是边陲之地。更何况,过去后将面临转行。

面对这突如其来的变化,李恒并没有惊慌失措,这反而激发出她内心对挑战的渴望。她几乎想都没想,就立刻说:"我愿意!"

李恒后来回忆道:"拿到调动证明后,黄秉维所长带我去见了曾在云南工作多年的蕨类植物学家秦仁昌院士。一开始,秦先生感到惊奇,说黄所长怎么愿意放走我。接着,他就开始热情地介绍云南的情况。他说云南环境甲天下,家家户户喝的是长年流淌的清泉水,水果遍地,随时采摘,鸡蛋串起来卖,一分钱一个。云南人非常善良,门不闭户,道不拾遗,人人亲密无间。他的描述令人神往。那时,北京已进入困难时期,粮食紧缺,蔬菜供应不足,过年时,一片生姜、一瓣大蒜都是按户口分配,老百姓连夜排长队购买;几乎没有鱼、肉和鸡蛋,水果很少。秦先生的介绍,无疑能勾起我对这个世外桃源的向往。其实,没有秦院士的讲述,云南我也是要来的,因为我做翻译时就已知道那是个植物王国,欣赏云南的大自然早已是我的夙愿。"

李恒教授说,黄秉维所长是她走进科学世界的引路人。自她进入地理研究所那天起,他就开始辅导她学习地理科学,委托各科专家对她进行启蒙指导,还给她到北京大学地理系学习的机会。黄所长那一丝不苟的工作态度,爱书如宝、手不释卷的生活习惯影响了她一生。她将永远感谢他。

1961年4月,李恒一家五口抵达贵阳。当时交通很不方便,他们4月下旬才随林业部门的车子到达昆明。

报到后,要等吴征镒所长出差回来才能分配具体工作。李恒有心理准备,改行是肯定的。不过当她决定过来时,不知怎的,突然就对红花绿树一枝一叶有了一种莫名的亲切感、归属感,像是突然见到了童年的伙伴,心灵产生了感应,抑或是大树小草梦见了她……但在进入那神圣的植物世界前,还要多了解,多学习。何不在进入神圣境界之前,去接受洗礼,了解植物学的前世今生?虽然她的先生是园林设计专家,她在耳濡目染中也对植物学有了不少了解,但是自己亲身学习的过程仍是她一生难以忘却的宝贵经历。

中国科学院昆明植物研究所历史悠久,人才荟萃,是中国现代植物学的发端地之一。研究所门前有个石碑,碑文为:"原本山川,极命草木。"这是昆明植物研究所的奠基铭,也概括了中国植物学工作者的理念和精神。

"原本山川,极命草木",语出西汉著名辞赋家枚乘的赋作《七发》。有人将它解释为"考证山川的本原和草木的名称",有人将它解释为"生长在山川的草木是人类赖以生存和发展的自然资源",还有人将它解释为"人类来源于自然,认识植物世界才能更好地生存发展"。这些解释体现了古人的生态智慧——人类是围绕着植物宇宙运转的,没有植物,我们的文明就失去了赖以生存的基础。

中国地大物博,孕育着丰富的植物资源。植物在中华几千年文明史中占有重要地位,并且早已引起西方世界的瞩目。其中云南以其地形特殊、气候复杂多变等因素孕育着种类丰富的植物,成为探险家和植物猎人的目标。西方最早到中国采集动植物标本的是欧洲人,据说可追溯到17世纪中叶。在过去的400多年中,先后有三百多人来到中国,采集了120多万份植物标本。中国植物物种竟有70%以上的模式标本存放在国外各大标本馆中。

这样的现状更激发了李恒学习植物学的热情。她知道,要了解一个科研单位和一个行业,最快捷的途径是了解那些曾经在这里面奋斗过的前辈,了解科研的传承。

首先出现在李恒视野里的便是中国现代植物学拓荒者之一、研究所创办人、首任所长胡先骕(1894—1968)。

曾被毛泽东称为"中国生物学界的老祖宗"的胡先骕是江西人,曾两度赴美留学,获哈佛大学博士学位。胡先骕回国后在大学执教,与著名动物学家秉志(1886—1965)在北平创办静生生物调查所,任植物部主任。中国第一位到野外采集植物标本的是著名植物学家钟观光(1868—1940),早在1919年他就首选了云南作为采集标本的目的地。从1930年起,胡先骕也将云南作为目的地,选派蔡希陶等人前去进行植物调查和采集。1937年5月,胡先骕做出了颇具远见的决定,他要在云南创建一个植物研究机构。他写了封信给云南教育厅厅长龚自知,阐明与教育厅共建植物研究所的想法,得到了后者的响应。1938年,云南省农林植物研究所正式成立,由静生生物调查所与云南省政府教育厅合办,旨在研究云南植物,促进农林经济发展,胡先骕任所长,地址在黑龙潭。这就是中国科学院昆明植物研究所的前身。

当时,在西南联大的吴征镒也曾带学生到这里实习。这位大师在一篇回忆文章中称赞这个研究所为"那时植物学的最高学府……也是旧中国的一个植物分类学活动中心"。

的确,李恒发现那时研究所里真是风云际会,英才辈出,担任副所长的都是著名的植物学拓荒者:汪发缵(1899—1985)是著名植物分类学家,尤以单子叶植物分类研究成绩卓著;郑万钧(1904—1983)是中国科学院院士,著名林学家、教育家,中国近代林学开拓者之一,在树木学方面造诣极深;俞德浚是中国科学院院士,著名植物分类学家、园艺学家,中国现代植物园的奠基者。

李恒对所里的前辈非常敬重,她仔细研读了他们的生平和研究经历,发现他们每位都不一般,值得她一生学习。

俞德浚（1908—1986）：北京人。**著名植物分类学家、园艺学家，中国科学院研究员，北京植物园原主任。** 1980 年当选为中国科学院学部委员。

俞德浚 1928 年考入北京师范大学，成绩优异，受到老师胡先骕的器重，毕业后担任其助教，同时负责北京大学和北京师范大学植物分类学的实验教学，并在北平静生生物调查所从事植物分类研究。面对当时刚刚起步的中国植物学研究，他翻译了《国际植物学会的发展史料》和《国际植物学命名法规》，发表在《中国植物学杂志》上，给当时的植物学研究带去了启蒙。

他和其他植物学研究者一样，是从植物考察、采集标本起步的。1932 年他在川西的西昌、马边、雷波、峨边考察后，又到云南西北部的德钦、丽江、怒江、独龙江等地进行考察。他在滇西和滇西南采集标本 11529 号（另一说为 2 万多号）20 多万份，发现新种 318 个。这为他后来的研究打下了坚实的基础。

在李恒的印象中，俞德浚应该是中国第一位走进独龙江的植物学家。那时的独龙江是真正的蛮荒之地，交通不便、语言不通、经济落后等难题使考察工作难以开展，但俞德浚硬是以坚韧不拔的意志啃下了这块硬骨头。

李恒崇敬俞德浚还有着另一层面的原因，她的先生王今维是俞德浚器重的助手，他跟李恒讲到过两段往事。一是有次过雪山时，采集队中的两位民工遭遇严寒，遇难了。俞德浚前去安置了两位民工的家属，为他们带去了慰问和优厚的抚恤费，可见他对同事的尊重。

另一段往事则比较传奇。

1964 年，俞德浚当选第三届全国人民代表大会代表。大会期间，突然有位代表匆匆向俞德浚走来："俞老师，您好！还记得独龙江吗？"

俞德浚看到穿戴着独龙族服饰的代表，惊喜异常："哈哈，小孔，孔志清！多年没见啦，你还是那样英气勃勃！"

师生两人的手紧紧相握。相逢的喜悦，感动了围观的代表。

原来,孔志清是20世纪30年代俞德浚在独龙江考察时请来的农民向导和翻译。当时孔志清还是个年轻小伙子,憨厚聪慧,能干好学,除了领路外,一点也没闲着,白天采集标本,晚上烘烤标本,还跟考察队分享了不少独龙族特有的植物知识,帮了考察队很多忙。俞德浚将他当成考察队的一分子,经常教他识别植物,采集和制作标本,还教他普通话。他们在一起度过了一段难忘的岁月。也正是这段时间的相处,让俞德浚感到这位少年的潜力,觉得他是个可造之才。考察结束后,1938年俞德浚将他送到大理读书,给他经济上的支持和亲人般的关怀。新中国成立后,少年一步步成长为优秀的少数民族干部,当选为贡山独龙族怒族自治县县长,后来又当选为全国人大代表。

除了不为人知的传奇往事,俞德浚的学术成就则是举世闻名、影响巨大的。他是巨著《中国植物志》的主编之一,在任期间(从1981年担任主编直至他逝世)推动出版了《中国植物志》中的35册(全书共120册)。为了编写蔷薇科专著,他走遍了全国。他编著的《中国果树分类学》为果树种质资源的开发、利用及引种栽培奠定了基础。也正是在研究中国果树的过程中,他发现我国果树种质资源要比已知的丰富,柑、橘、荔枝、龙眼、枇杷、桃子、梨、李子、杏子、柿子、栗子、猕猴桃等都是由中国走向世界的。

俞德浚除了是植物学家外,还是园艺学家,尤其在蔷薇科植物研究领域颇有建树。蔷薇科是一个包括124属3300多种植物的大科。他发现正是中国的蔷薇科花朵及其他一众花卉使欧洲的花园焕然一新,极大地丰富了欧洲花卉的品种。基于对历史文献的考证和对英国皇家植物园、爱丁堡植物园标本的研究,他在《中国植物对世界园艺的贡献》(发表在1962年的《园艺学报》)一文中满怀激情地高呼:"中国是世界园艺之母!"

俞德浚更是我国植物园的奠基人之一。1954年,他联合孙可群、吴应祥等十位植物学家上书中央,建议在北京建立一处既有美丽景观,又有科学内涵的现代化植物园。这个建议很快得到批准,由俞德浚担任建园规划委员会主任。专家们经过实地考察,将园址选定在香山脚下。为了将这座现代化植物园建好,俞德浚和同人翻译出版了《苏联植物园》,还亲自编写了《植物园工作手册》,创办了《植物引种驯化集刊》,审核出版了《温室工作手册》,培养了大批人才,推动了中国植物园的建设。他还为我国庐山植物园、南京中山植物园、华南植物园、武汉植物园、杭州植物园、桂林植物园、西双版纳热带植物园、海南植物园等众多植物园的建设付出了心血和汗水。

俞德浚将自己的一生献给了祖国的植物学事业。他于1986年7月14日与世长辞,骨灰安放在北京植物园水生植物展览区北侧。

蔡希陶（1911—1981）：浙江东阳人。著名的植物学家,中国植物学的拓荒者,中国科学院昆明植物研究所原副所长,云南热带植物研究所（现中国科学院西双版纳热带植物园）创建者、原所长。

著名作家徐迟写过两篇产生过重大影响的报告文学——《哥德巴赫猜想》和《生命之树常绿》。前者大家都知道,写的是数学家陈景润,而后者写的就是蔡希陶。蔡希陶既是一个激情燃烧的理想家,也是一个脚踏绿地、勇敢拓荒的实干家。用他的同事、著名植物学家周俊的话说,"他是最有本事的植物学家"。但很少有人知道他是中国作家协会会员。据说鲁迅还赞扬过他写的小说。

蔡希陶的求学生涯辗转曲折。17岁的他先是在美术专科学习,第二年转到物理专业,第三年又进入胡先骕、秉志创办的静生生物调查所。在那里,他终于找到了理想所在。因为热爱这份事业,在所里,蔡希陶很快掌握了各种技术。也是在这时,他将目光投向云南,认为那里还存在着较多的认知空白。很快,他迎来了去云南考察的机会。可第一次出征就很不顺利,刚出北平,跟随他的两个年轻人就离队了,蔡希陶毅然孤身前行,到了宜宾才找到一名挑工。后来他终于行至云南,从此与植物王国结缘。这一干,就是一生。

到 1934 年,蔡希陶考察过的地方就有昭通、乌蒙山、金沙江、澜沧江、红河、大理等。一路上不仅道路难行,还有瘴气笼罩的威胁,在某些少数民族地区,甚至要与黑彝头人喝牛血酒结盟才能够通过。可他硬是在这样的条件下采集到 2100 多号 100 多万份植物标本,还发现了一些新种。

看到蔡希陶采集回来的标本,胡先骕无比欣喜,更坚定了要在云南设立基地的想法。1937 年 5 月,蔡希陶带着胡先骕的亲笔信,与云南省教育厅厅长龚自知商谈合作建立农林植物研究所,由云南省提供建所土地、经费,由静生生物调查所提供人员配备、研究设备。获得龚自知同意后,蔡希陶随即着手筹建。1938 年 7 月 24 日,云南农林植物研究所正式成立。所址是蔡希陶选定的黑龙潭。

1945 年抗日战争结束后,原静生生物调查所的工作人员纷纷回迁,蔡希陶却留下驻守,领着十多位园工种菜,种烟草,苦苦支撑。经济上的困难逼得蔡希陶及其夫人在街上开起卖鹦鹉和各种花木的商店。他还曾将蔬菜挑到飞虎队的驻地卖,因为他懂英语,可以卖个好价钱。他甚至还组建过马帮从事运输,来维持 10 多万号标本的管理,同时照顾员工的生活。这样的状况一直持续到新中国成立。

还有件事值得一提。那时为了消除鸦片对云南的危害,有识之士建议推广烟草,但一直苦于缺少优良品种。1945 年,蔡希陶辗转获得了来自美国的名贵烤烟"大金元"的种子,随后便投入烟草的繁殖、优质烟叶的栽培试验、良种的保纯和适合云南风土的新品种的培育等研究,并最终获得成功。这为新中国成立后云南烟草业的大发展打下了重要的基础。

1950 年,云南农林植物研究所改名为中国科学院植物分类研究所昆明工作站,蔡希陶任主任。1959 年,机构升格为中国科学院昆明植物研究所,蔡希陶任副所长。

蔡希陶立志要在大地上写"立体文章"。为了打破帝国主义对新中国的封锁,中国人必须自己种植战略物资橡胶。吴征镒和蔡希陶等一批植物学家都投入了这项工作。橡胶树原本是热带植物,1876年英国的亨利·魏克汉在三叶橡胶树的故乡——亚马孙热带雨林中采集到了7万多粒种子,偷运到英国。在皇家植物园引种成功后,直到1886年才顺利地在马来西亚大面积种植。从此,橡胶成为工业上不可或缺的原料。外国专家曾根据这100多年的种植史,认定北纬17°以北为橡胶种植禁区。中国科学家们从来不信邪,他们敢干,吃苦耐劳,经过多年努力,成功将橡胶在西双版纳和海南岛大面积种植,彻底打破了帝国主义对中国的橡胶封锁。作为主要参与者的蔡希陶逝世后的1982年,"橡胶树在北纬18—24度大面积种植技术"被授予国家发明奖一等奖。

在20世纪60年代以后,蔡希陶则将心血注于西双版纳热带植物园。这是我国第一座热带植物园。在他的带领下,园内栽培了3000多种国内外热带植物,孕育出了多个农林植物优良品种并提高了产量,他同时组织了对国产南药资源的开发研究。

1980年,蔡希陶在《我的兴趣是什么》中说道:"我在云南长期旅行,接触了不少农民朋友,他们看到我跑这么长的路,花这么多的钱,就时常问我:你采这么多的花花草草,拿回去做什么用呢?……从此我把这个问题刻在我的脑筋里。我的工作,应该做在实用的刀口上,群众才会同情我。于是,我立定要用植物学这门理论学科去为人民做一些有用的工作的志愿。"这就是中国植物学家的情怀!

吴征镒(1916—2013):江苏扬州人。著名植物学家,中国植物学的奠基人,中国科学院院士。

国际小行星中心于2011年12月10日,将第175718号小行星永久命名为"吴征镒星"。从此,便有一颗以中国植物学家的名字命名的星球在宇宙中闪耀。

吴征镒,中国科学院院士、植物学大师。他对中国近现代植物学贡献丰厚,被授予2007年度国家最高科学技术奖。在担任昆明植物研究所所长的几十年中,他参加并领导中国植物资源考察,从事植物系统分类研究,发表和参与鉴定的植物分类群有1766个,涵盖94科334属,改变了中国植物主要由外国学者命名的历史。他所作的植物分类研究系统、全面地回答了中国现有植物的种类和分布情况。

吴征镒1916年出生于江苏扬州。17岁他考入清华大学,受的是"通才教育",后转修植物学,大概是因为年幼时就酷爱植物。这里还有一段故事。原来,他在扬州中学读书时,教植物学的老师唐燿见吴征镒自采、自学并定名了100多份植物标本,就让他在班上举办展览,以资鼓励,这件事对他产生了深刻的影响。这个教植物的老师唐燿后来成为大名鼎鼎的木材学专家,多年后师生二人又同在昆明植物研究所工作,书写了一段佳话。

七七事变后,日本全面发动侵华战争。吴征镒参加了"湘黔滇旅行团",从长沙迁到昆明。沿途所见,使他萌发了要厘清植物时空发展和探索中国植物区系演变的梦想。

1940年他考取西南联合大学生物系的研究生,后留校教书。这10年间,他系统整理了前辈对中国植物的研究资料,制作出3万多张卡片,熟记了中国植物的名称、生境等。这3万多张卡片,后来成了编纂《中国高等植物图鉴》和《中国植物志》的重要参考资料。

1949年北平解放,吴征镒任军管会高教处副处长,中国科学院植物研究所副所长、研究员。

1958年他毅然要求到中国科学院植物分类研究所昆明工作站工作,潜心研究植物学。这是他一生中的最大转折点。从此,他的足迹遍及云南、青藏高原、东北、内蒙古、新疆等地。考察队队员送给他一顶"桂冠"——"摔跤冠军",说他在野外考察时,经常只顾低头寻找植物而不抬头看路,考察目的地多是荒野,还能不摔跟头?不过,摔跤还真摔出了名堂。有次在云南文山考察,他在丛林中被藤绊倒,同伴们看他没站起来,以为伤了哪里,过去后却看见他捧着一棵白色植物兴高采烈地高呼:"快来看,我采到了锡杖兰!"

除此之外,吴征镒还有一个爱好也是出了名的——爱钻标本室。哪怕只有一二十分钟的空闲,他也要去读标本。有人还为此写了一个故事:"1983年,吴征镒到英国访问考察。其间,英国植物学家们拿出了一批他们难以辨认的植物标本,希望中国植物学家帮忙鉴定。这些标本大多是20世纪初欧洲人在中国西南地区采集的,几十年来,无人能做出权威鉴定。此时,吴征镒站了出来。他认真观察了标本之后,流利地说出了每种植物的拉丁学名,它们的科、属、种、地理分布,曾经记录过它们的文献,资源开发的意义,等等。他超群的记忆力和渊博的植物学知识,让在场的英国人赞叹不已。"

难怪有人说,如果世界上有人能够说出每种植物的名字,了解每种植物的习性,那么吴征镒一定是其中一个;如果世界上有人能够听懂植物的语言,理解植物的情感,吴征镒也是其中一个。

吴征镒的著作丰厚,代表作有《中国植物志》《云南植物志》《中国植被》《云南种子植物名录》《西藏植物志》等。

他认为,生物的系统发育深受地球发生、发展的制约,地区演化的规律深受天体演化规律的制约。生命系统从一开始就形成绿色植物、动物和广义的微生物三者同源又三位一体的生态系统,其中绿色植物一直占据着第一生产者的位置发展至今。

基于这些认知,吴征镒在1958年建议国家成立自然保护区,1999年又致信当时的国务院总理朱镕基,建议尽快建立云南野生种质资源库,以对近期具有开发价值的野生种质资源进行遗传背景的研究,同时广泛采集种子进行分类保护,在此基础上进行合理开发。2004年国家发改委正式批复国家重大科学工程"中国西南野生生物种质资源库",2005年开工建设,2007年建成并投入试运行。该工程依托中国科学院昆明植物研究所运行,是收集保存野生生物种质资源的综合性宝库。种质资源收集保存的具体目标为:第一个5年达到6450种66500份(株),15年内达到19000种190000份(株)。同时建立研究中心,主要学术方向是种子生物学、植物基因组学和保护生物学。

周俊(1932—):江苏东台人。著名植物资源与植物化学家,中国科学院院士,中国科学院昆明植物研究所原所长。

周俊1932年出生于江苏东台,成长于书香之家。其父在抗日战争时任抗日民主政府县参议员。目睹国统区的黑暗,他积极参加学生运动。1951年5月,他提前从华东药学专科学校毕业,参加南京抗美援朝医疗团,立过二等功。1954年,他考入华东化工学院(现上海华东理工大学)制药专业。

1958年,他被分配到中国科学院植物分类研究所昆明工作站,与蔡希陶、彭加木筹建资源植物化学组,为植物化学研究奠定了基础。经过多年的努力,不仅培养了大批人才,还取得了多项成果,使这一学科成为一大热点。1983年到1990年,周俊任昆明植物研究所所长。周俊领导的植物化学研究取得了多方面的发现、应用和创新,为新药的研发做出了重要贡献。

唐燿(1905—1998):江苏江都人。著名木材学家,中国木材学的开拓者之一,曾任云南省第三、第五届人大代表。

唐燿1905年出生于江苏江都,祖籍安徽泾县。1927年,唐燿毕业于南京东南大学理学院植物系。1928年至1931年,他在上海暨大附中和扬州中学任教员。

1931年,唐燿应老师胡先骕的邀请,到北平静生生物调查所任研究员,进行在当时的中国尚属空白的木材解剖学研究。没有资料怎么办?他从世界科学名人辞典上查到了各国研究木材学的专家，向他们发函寻求帮助，结果收到了不少复信和资料，了解到那时世界上木材研究的状况和研究方法。这些资料中以美国耶鲁大学雷高德教授和纽约州林校勃朗教授赠送的最为珍贵。

结合现实情况和需求，他决定从中国工业木材开始研究。他首先选定所里近年来采集到的117属172种木材标本，制作了切片和数百张显微照片；又选定数百个外国标本，并收集各类资料200多种。他通过研究发表了多篇论文，出版了《中国木材学》，为中国木材学研究奠定了基础，开辟了一个新的学科。1933年，唐燿成为国际木材解剖学家协会会员，从此搭建起中国与其他国家木材学家的交流互鉴平台。

1935年，在秉志、胡先骕的大力支持下，唐燿走进了耶鲁大学，师从雷高德教授，并获哲学博士学位。在赴美、英、德、法、瑞士等国学习和考察期间，他节衣缩食，购买了大批书籍、仪器运回祖国，为之后的研究做准备。

1939年，他在重庆创建了中国第一个木材试验室，编写了《木材力学试验》等教材，为这一新的学科培养人才。

1959年，唐燿被调到昆明植物研究所继续研究木材学。

唐燿一生著作丰富。他撰写的《云南热带材及亚热带材》首次揭示了云南热带、亚热带木材的奥秘。

……

那些天，李恒心潮澎湃，思绪激越。她沉浸在昆明植物研究所悠久的历史里，感到能够传承他们的精神和事业，是自己的福分。

胡先骕、俞德浚、汪发缵、郑万钧、蔡希陶、吴征镒、唐燿、冯国楣……正是这些建所先驱开疆拓土、无怨无悔地奋斗，竭力培养人才，才在当年贫穷落后的中国建立了近现代的植物学研究体系。他们是开拓者、守望者、奠基者，每个人在研究植物学的过程中,都开辟了自己独特的领域,为后来者铺设了道路。

历史的重任总是赋予那些勇于担当的精英。

他们生于贫穷落后、兵荒马乱、烽火燃烧的中国,为什么还能做出如此辉煌的成绩?因为他们有为国为民的赤子之心,怀抱科学救国、科学建国的理想。理想指引着他们前行,理想使他们勇于开拓创新,理想使他们无所畏惧。而植物世界与人类的血脉相连,对植物学的研究就是追求实现理想的载体。

他们对植物学的研究都是从了解植物分类起步,然后认识、采集标本,最后深入研究。只有弄清楚每种植物的生态,才能研究其分布、区系、化学、分子生物学。这很像学文学,先要识字、明义,积累到一定程度,才可以写出文章。认得的字多,明义清晰,知识的积累丰富,才能谱写出美妙的诗歌,创作出充满哲理的散文,编写出起伏跌宕的戏剧,孕育出深邃的思想。

作为植物学门外汉的李恒心里亮堂了,她要满腔豪情地钻研植物学。前辈的崇高理想、治学章法,犹如照亮她前行的灯塔。她在地理研究所当翻译时,主要是做中国自然地理区划的翻译,主题也是自然,对植物并非全然不知。此时的她有了足够的底气去见吴征镒,准备接受新的工作,迈向自然世界的新领域,做一个坚定的勇往直前的探索者。

华丽转身

据李恒回忆,她去接受工作分配时,并没有忐忑不安和拘谨。吴征镒所长像对老朋友一样坦率地告诉她俄语技能在这里并不需要,她得尽快弥补植物学知识,学习英文。

从此,她的心灵与绿色世界相连,体验和享受着"草木有本心"的乐趣,开始了新的生活。到植物园、跑标本馆是常事,也是她的兴趣所在,她想认识更多植物。

当然，每个去野外考察的机会她都不放过。那是1961年4月，刚上班没几天，她就加入了以吴征镒和朱彦丞为首的考察队。她有个好习惯，那就是记录考察日志。以下是我从她的考察日志中读到的。

1961年：

5—7月，在文山州的8个县考察种植战略物资橡胶宜林地，历时85天；

9—10月，考察文山植物区系，采集标本，历时60天。

1962年：

4—6月，在文山老君山考察常绿阔叶林植被，历时60天；

8—9月，跟随吴征镒到滇西北的丽江、中甸考察哈巴雪山植被，历时60天。

1963年：

4—6月，在滇西北中甸的哈巴雪山考察，历时60天；

7—9月，在滇东南的西畴乡、草果山考察植被。

这3年的考察，使她完成了滇西北哈巴雪山和滇东南西畴乡的植被调查和研究。这对认识滇西北和滇东南对角线植被有着重要意义，也为她研究地球板块碰撞对这一地区植物分布的影响提供了感性认识和实证。

在阅读她的考察日志时，一个为了探索和认识植物世界，无论阴晴雨雪都在野外跋涉的科学家的形象常常浮现在我的脑海中。那是她攀登植物学高峰的足迹，那是她用血汗和坚毅书写的生命轨迹，那是她用热忱铺就的通向理想的道路。她的考察日志一记就是50多年，这些年来除非遇到不可抗力，否则她每年最少也有几十天在野外,考察天数最多的年份则有200多天。

更让我惊讶的是,那时野外考察的艰难程度是我们现在难以想象的。李恒自己也对最初进入研究所的那段岁月有一番回忆:

从头开始

自此之后,我开始了新的生活。在植物园、在公园,唯一的兴趣是认植物;晚上自学英文,系统阅读植物学书籍;积极投入植物组的野外考察。

当年是困难时期,植物学的野外考察很艰苦。之前我在北京,陪同专家出差,食宿条件都不错,在交通、住宿方面没有吃过苦。而在云南出差,要自带行李,搭乘公共汽车。条件好时,植物所派出一辆敞篷大卡车,人站在车厢里,风雨、尘土均无遮拦。第一次出差是去文山州宜林地考察。领队是地植物组的组长刘伦辉,1958年云南大学生物系毕业。我们一边站在车上"行军",一边执行着考察任务,目测沿途植被、土地特点等,将所见所闻记录在野外记录本上。车子停下来后,住旅馆,联系政府。那个时候吃是很困难的,早上为了吃1个饵块要起很早去排队,1两粮票1个饵块。途经村镇,得借住旅店。有时旅店卫生条件较差,卧具很少清洗,臭虫、虱子、尿臭,叫你睡不安宁。在远离村庄的森林里过夜,则需要搭帐篷,找烧柴煮饭。我们女生动手能力差,搭帐篷很困难,如果是在赶路,我们宁愿在大树底下睡一宵,也尽量不搭帐篷。那时粮食是定量的,油水少,但大家个个饭量大,所以基本上很难吃饱。记得那时,每次煮的饭都会剩下1至2碗,因为女生认为男生出力多,总是默默留一口出来,希望他们多吃一点,可男生又不好意思吃女生的,结果总是餐餐有余粮。每次到了村子,我们会设法到农民家去买1至2个不要粮票的南瓜,用它来贴补粮食。当时蔬菜也很困难,到了山林里,我们会找野菜、竹笋、木耳等来丰富我们的伙食。做植被调查，一般不愁水果吃，野生的桃李、锁莓，经常取之不尽。在城镇公路旁，买甘蔗、桃子、石榴等都很方便……

那时，考察队的队员不过4至5人，其他人都很年轻，20多岁，只我30岁出头。但队里无年龄大小之分，个个都是我的老师，谁也没有把我当作大姐对待。大家齐心协力，不畏艰辛。在野外工作过程中，我们几乎天天吵架，谁的标本采得不合适要吵，压标本、烤标本要吵，选择样方要吵，野餐烧火也要吵。我们有个规矩——出差发生的争吵决不带回家继续。到现在，我们这一帮人都很团结，亲如手足。

开始那几年，无论是野外考察还是室内编研，我都是外行，从采标本到写总结，我都要一点一滴地学。走路、爬山、下坡、上树要学，打被包、烧火煮饭也要学。经过1至2年的磨炼，爬山过河，披荆斩棘，我都不在人后了。在大小老师的帮助下，我进步得很快。

不到半年，我以全所第2名的成绩通过了外语（英语）考试。3年以后，我在云大、昆明农学院完成了主要的植物学课程（植物学、植物分类学、植物生理学、地植物学、植物生态学、植物区系学）的学习，成绩优秀。

1961年到1963年，在吴征镒先生和朱彦丞先生的指导下，地植物组先后8次完成了滇西北哈巴雪山和滇东南文山西畴的植被调查，采用法瑞地植物学派的方法，分析了样方区系资料。1963年初步完成了两地的植被研究。

我愉快地走进了云南这个植物王国，艰难地进入了植物研究队伍的行列，开始了我的研究生涯。

可惜，好景不长。

1964年到1965年，第二次被下放劳动，接着被编入农村四清工作队（保山队）。1966年10月，四清工作队匆匆离开农村，全民投入"文化大革命"。

李恒所说的"好景不长",大约是说她正准备全身心投入植物学研究时,却不得不受外界影响停下了脚步。那个年代,像李恒这样一心扑在植物学上的人,是不可能不受到冲击的。面对失去自由的屈辱境况,她并未气馁。或许她的名字里就隐隐透出一份保守恒心之人应该拥有的坚毅和坚守,或许也可称为傲骨吧。她坚信面包终将会有的,牛奶会有的,一切都会好起来的。她要王今维带着孩子回到湖南老家,而她则开始了另一种生活,那就是学习、进修,为将来攀登植物学高峰铺好台阶。她坚信科学的春天一定会到来。

从此,李恒在这个特殊阶段开始了不懈的植物学学习过程。她曾说过一个自己记植物名字的故事。因为她常向一位科班出身的年轻同事问某一植物的名字,有一次那位老兄不耐烦了,说:"我都给你说了3次了,怎么还记不得?"她说:"打个赌,2年之后,我认识的植物绝对不会比你少,但你的英语,4年后也赶不上我。"湖南妹子就是火辣!

看标本、学外语是她这个阶段的主要功课。她发现植物标本室的门经常不锁,于是她便学习吴征镒,白天一有空就钻进去看标本。那里也是一个植物世界,且有鲜活植物所不具有的采集人留下的记录。她在观察标本时便可以借此与采集人"对话",交流心得。这犹如在读植物辞典,读着读着,压扁了的植物就变得鲜活了。在这样的学习过程中,李恒看到熟悉的植物,常常会心一笑;看到特殊的标本,便能够将其刻在记忆中。

晚上她则在家学外语。看标本还有一大好处是可以兼学外语,因为标本上有拉丁文,甚至还有法语、德语注释。她从蕨类读到了种子植物,就是在此时她掌握了许多植物的拉丁学名,还学会了阅读德语和法语文献。除此之外,她还将植物地理学经典著作——吴鲁夫的《历史植物地理学》圈圈点点读了好几遍,这也是她为以后研究植物地理学所做的准备。

作为著名植物学家的昆明植物研究所所长吴征镒,当然也受到了冲击。他和李恒一样,每天在别人的监督下劳动。这样就给了李恒向他请教、学习的好机会。无论是在扫地、拔草还是挖地时,李恒总是跟随在吴征镒的身边,只要有不懂的就问,连看到不认识的草也要请教。而吴征镒曾在北京大学教书多年,传承着北大循循善诱、诲人不倦的教学传统,他对李恒有问必答。勤奋好学的李恒在这个过程中获益匪浅。

李恒还发现了吴征镒的一个秘密。在劳动中,他常常趁监督人不注意,掏出纸来记上几笔。特别是在看水炉时,他记得更勤。直到后来她才知道,吴征镒先生是在起草《新华本草纲要》。李恒对这件事印象深刻,她在《纪念吴征镒院士逝世一周年》一文中做了详细的记载:

《新华本草纲要》的原始底本名为《华南及西南五省(川、滇、黔、桂、粤)中草药名汇编》。1970年,"他对武素功吐露了订正各地中草药名称的设想,出示了部分《五省中草药名汇编》手稿,计划扩充和提高。武素功、杨崇仁和我都表示大力支持,主动向他提供已出版的各种中草药图鉴、手册和方剂。大家还定了保全这部手稿安全的措施"。

吴先生在没有自由的极端困难环境中完成了初稿编撰。《五省药名汇编》是用蓝色圆珠笔,书写在400字/页的红格淡土黄色稿纸上的,内容包括种子植物,从苏铁科到禾本科,基本按哈钦松系统排列,每种植物记载中文药名及其出处(历史)、拉丁学名、分布情况、药用部位等。此稿计88页,由于能用的参考书有限,初次记录多不完全,遗漏部分被写成长短不一的纸条(插页),置放在相关的页码之前,平均每页都有1—3个小插页,每页原稿加上插页大约3500字。此稿总计约为76.3万字。

……

武素功充当了《纲要》编写过程的联络人,他负责将我们收集到的各地中草药手册、图鉴交给在开水房劳动的吴先生,吴先生将每本资料的植物名称逐一订正,写上学名,同时补充到新稿中。另一任务是每隔1—2天,拿回吴先生订正过的中草药书及他完成的新稿(1—2页)。由于吴先生随时有被抄家、被批斗,及其手稿被没收销毁的危险,我们确定制作了新稿的复印本。武素功拿来的新稿交杨崇仁和我进行转抄(复写4份,复写稿由吴先生、武素功、杨崇仁和我分别保存)。留在吴先生手边的复写稿,每科都陆续得到补充,因而保存下来的复写稿又变得密密麻麻了。复写稿中的内容包括蕨类植物、裸子植物和被子植物的木兰科至萝藦科。

1992年,《纲要》3册出齐。1993年,尚志钧(中医史学专家、本草文献学专家和本草文献整理研究奠基者)和他的弟子刘晓龙,再次评价了《纲要》,现摘录如下:"《新华本草纲要》(以下简称《纲要》),是……一部记录我国植物药的纲要性专著,全书共分为三册,收载我国有产各类药用植物约6000种,是我国有史以来记载植物药最多的药学文献。该书简明扼要,编排新颖,内容丰富,具有较高的参考价值。《纲要》编写突破了旧式以笔划(画)、性味功用、药用部位等分类方法,而采用了植物进化的系统分类编排,这种编写体例不仅给读者一种全新的感觉,而且有利于读者全面了解和掌握我国植物药的资源、分布情况,对认识和研究同科、属药物,利用亲缘关系寻找新药资源都很有裨益。按植物系统编排,还有助于读者区别同科、属中的近似药物品种。……这种编写体例,弥补了过去出版的所有本草和药学文献的不足。《纲要》的另一大特色,就是比较全面地辑录了前人研究成果,尤其是'历史'栏目编写得很有特色,这对读者了解药物的起源、延续、变迁,颇有指导作用。"(刘晓龙、尚志钧《再评〈新华本草纲要〉》,《中药材》1993年第16卷第8期)

《新华本草纲要》萌生于动乱之中,吴征镒和他的团队前后20年间处于逆境,最终成书,出版于改革开放的科学春天;而吴征镒只用了"利用机会发挥一技之长,做了一点有用的事"的大白话做了总结。其中洋溢着植物学家对祖国的热爱与忠诚,以及对科学的不屈不挠的追求。

李恒的《新华本草纲要的成书过程及其科学价值》一文,只要再改一个扣人心弦的文章名,就可以改编为惊险的电影大片!

她深情地写道:"岁月易逝,吴征镒先生驾鹤西去已经一年,在过去50余年的岁月中,特别是在十年动乱时期,我有幸常随先生左右,聆听先生的教诲和指导。师生之情,雨露之恩,难于言表,先生对植物学的贡献有目共睹,先生一丝不苟、严谨治学的精神是我们永远的榜样。"身教重于言传。李恒得到了师父的真传,那就是无论何时何地,永不改变为国为民的赤子之心。

吴征镒在回忆录中对李恒这一阶段的评价是:"她很有钻研精神,从采集标本起步,熟悉植物分布和植物类型。别人搞运动,她却利用一切可以用的时间在标本室看标本,也够大胆的。功夫不负有心人,她的植物分类知识积累日增,特别对天南星科、延龄草科、兰科植物更加熟悉和见长,对水生高等植物研究也很有深度和广度,科研上很有特色。"

十年动乱的后期,昆明植物研究所终于可以开展工作,李恒也终于可以开展研究了。那时《云南植物志》的编研工作启动,吴征镒担任《中国植物志》主编之后,亲自点兵封将,将木棉科、橄榄科、天南星科、浮萍科编研工作分配给李恒。

尽管工作氛围并不轻松,李恒却像得到了阳光的小草,拿出了"亡命徒"的豪气,拼命疯长。我们知道细致的植物分类研究要建立在野外考察的基础之上,而从她的野外考察日记中,我们可以窥见她为《中国植物志》所付出的心血:

1970年,野外考察80多天。

1971年,野外考察120多天。

1972年,野外考察90多天。

1973年,野外考察90多天。

1974年,野外考察130多天。

1975年,野外考察20多天。

1976年,野外考察180多天。

……

我粗略计算了一下,李恒每年在野外考察的平均天数是100天。

花这么长时间与自然、植物相伴,真可以说成了"野人"。

李恒在这些日子里完成了《云南经济植物》中的纤维植物、树脂植物、药用植物部分的编研,发表了《我国本草中天南星、半夏》《西藏茜草科和天南星科的新种》《海菜花属的分类、地理分布和系统发育》《天南星科的起源和系统发育》等论文,还有六七十篇与他人合作的论文。这些成果,都可以证明她在通向理想殿堂的道路上是怎样坚持不懈地跋涉的。

普拉河谷　珊瑚兰　白袜子

李恒对野外考察的丰富经验就是她仗剑行走独龙江的底气,是她攀登高峰的奠基石和阶梯!

李恒毫无悬念地拿下了考察独龙江植物区系的任务。多年野外考察的经验使她明白准备工作的重要性,更何况这一次是她独自率队。筹备工作从1989年就开始了,首先要做的就是挑选队员。她的学生小黄是合适的人选,所里又调配了负责摄影、绘图的杨建昆和负责保卫工作的潘福根加入,四人就这样组起一个队伍。

按李恒湖南妹子的火辣劲，他们在1989年就该出发。但因为贡山县找不到驮运物资的马匹，出发时间只得延后。准备工作中最烦琐的是物资储备和采购，野外有很多地方是没电的，仅蜡烛的需求量就很可观，食物的需求量也很大，还要带上必不可少的图书资料、压制标本的器材等。一年后，贡山县终于从邻县维西县、西藏的察禺县找到了几十匹驮运物资的马匹。贡山县的领导和相关部门也都来商量各种事项，并为考察队提供力所能及的帮助，毕竟这是贡山县的一件大事。

1990年出发前，李恒的日程仍排得满满的：2月有7天参加了吴征镒主持的《云南中草药名录》的审稿会；3月参加了长江中下游环境背景项目鉴定会；3月至4月参与了月湖植物调查；4月到5月在玉溪考察了23天；6月参加了在甘肃兰州举行的中国种子植物北方片会议；7月到8月应邀赴加拿大进行学术访问；9月更是日程满满，有22天在外开学术会议并参加考察；即使到10月，21日到26日还在参加第三届国际民族生物学大会。等手头的工作全忙完，离她出发去独龙江只剩两天了。就在这两天，她安排女儿和儿子照顾生病住院的丈夫王今维，并写下了遗嘱。她所做的这一切不禁使人想到"风萧萧兮易水寒，壮士一去兮不复还"的侠义肝胆。

如果想赶在大雪封山之前进入独龙江，考察队的出发时间已不容延宕。1990年10月29日，在领导的关心和朋友的祝福中，李恒带着小分队和48匹驮着物资的马，浩浩荡荡地出发了。县城不大，前来送行的人却很多。怒江傈僳族自治州还派了农牧局局长高应新护送他们到独龙江。

那时没有公路通向独龙江，高黎贡山横亘在县城和独龙江之间。1968年政府曾对茶马古道做过修整，这条茶马古道成了进入独龙江的唯一通道，这也是李恒他们的必经之路。

茶马古道的起点在县城东北。李恒让杨建昆、潘福根和县里的向导领着马帮在前头带路，她与其他队员在后面跟随。而她一到野外就像变了个人似的,也不看路,眼睛像雷达一样光顾着扫视路边的植物,不时地采集标本。尽管马帮走得不快,还是要时时停下来等她。

就这样一路走走停停,开头的路还较为平缓,但不久就要进山了。古人曾用"绝壁千里险,连山四望高"来形容进山之路的险绝。但往往路途艰难的地方,沿路都有绝美的风景,神秘又迷人。我曾遗憾当年未能跟李恒同行,但好在2002年4月,我们走的也是这条路。正是在这次旅途中,和我们同行的小何、郑波深情地回忆了李恒的故事,这故事的精彩程度不亚于一部电影。

我们好不容易盼来了无雨的早晨,虽然怒江大峡谷中仍是云雾涌动,但疾驰的云流让我们看到了希望。照经验来看,这样的气象最少有半天无雨,我们当即决定出发。

张局长赶来送行,坚持要送我们一段路,他担心李老师的腿伤。同时,他安排了纳西族的小何和独龙族的小金给我们当向导。

等我们出发时,天气真的好起来了,峡谷中的云已升到了高空,云层中竟然露出了小片蓝天。到达普拉河河口时,小何向我们指了指进入茶马古道的入口,那是山下河左岸的一条小道。等我们到达前天塌方的地段时,司机一踩油门就冲了过去。

我们又前进了八九千米,小何指着建在山谷中的房舍说,这是进入独龙江前的最后一个寨子,可以通过一个吊索桥进入,再往前就无路进山了。下车后,我们站在原地观察地形。右前方的雪山迸射出千万根银线,小何说那里应该是通向独龙江的东哨房垭口。我们则要从另一个方向下到谷底,两地相对高差在四五百米。这样看来,路程比我们预想的要艰难得多。我们不约而同地望向李老师,她笑了笑,故作轻巧地踏上了下坡的路。

山坡很陡,路在松林中蜿蜒。小何搀扶着李老师,宽慰大家,下到谷底,路就好走了。

去独龙江途中的普拉河谷（李珍英　摄）

途中我们经过双拉洼村，这里主要居住着怒族同胞。村子不大，房屋多是木结构的瓦房，与我们在怒江大峡谷山坡上见到的怒族、傈僳族房屋差别很大。房子多建在山坡上，大多20多平方米，狭小简陋。房子因由长短不一的柱子支撑，所以又有"千脚屋"的别称。我们坐在村公所的门前小憩，看着小学上空飘扬的国旗，心里涌出无尽的思绪。出了村子，就是一个陡崖，我们小心翼翼地顺着栈道、木梯往下走。走了10多米，转过岩头，赫然发现普拉河正热烈地呼唤着我们。一座二三十米长的窄小的吊索桥悬在河上，湍急咆哮的河水令人目眩。

小何说，这原本是座藤条吊索桥，因年久失修，孩子们上学往来不太安全,所以保护区出资用铁索代替了藤条。张局长也曾说过,为了保护好这片土地,保护区在群众身上做了大量工作,为居民建设新居,方便他们迁出保护区,又向少数民族群众赠送铁皮,替代木板、瓦片来盖房子。新建的铁皮顶房子在阳光下闪闪发光,成了一道风景。

走到桥边,李老师要求第一个过吊索桥。我不太担心,小何却慌了,想扶她,可桥面狭窄,只容得下一人。

李老师刚踏上桥,那桥就像秋千一样荡了起来,只见她紧紧地抓住两边的护索。小何和小郑都大喊:"向前看,别低头!"

颤颤巍巍地挨了四五步后,李老师突然站住了,然后高兴地叫了起来:"杜鹃花!好漂亮的杜鹃花!在这边伸出的崖头。白色的香水杜鹃!"

她急忙取下照相机,侧身拍了两张。大约是嫌角度不理想,她又快速向前走了几步,甚至探出了身去拍。等到她拍完后转过身去,又听到她充满惊喜的声音:"你们看,右前方河边那块大岩上盛开着杜鹃花。"

呀,对岸伸向河里的光裸裸的大岩上,居然有一丛盛开的杜鹃花,银瓣红蕊,真是别具一格!

她沉浸在这惊喜中,不断寻找着拍摄角度,不知不觉就走到了对岸。

我也踏上桥,大步向前走去。突然,桥和人都像横着飞起来一样。我清楚这是急速的流水所造成的幻觉,但还是感到害怕,只得紧紧抓住护栏上的铁索。没过一会儿我就习惯了这种飘飘然的感觉,甚至感觉妙极了,还故意用脚将桥摇起来,想荡得更高。

独龙族的小金,以额勒带,背着篓子。他在桥上简直像是在表演惊险动作的杂技演员,李老师非常羡慕他。他憨憨地笑着说:"到了独龙江,我带你去过真正的藤桥。那种藤子有杯口粗,人要倒悬在空中攀过去。"他还特意爬到裸岩上采下几朵杜鹃花,说独龙族人将它当菜,烫后凉拌着吃,很香。

黑娃底河由左边汇入普拉河,形成了小三角洲。河水的颜色很美,我的脑海中瞬时浮现出"春来江水绿如蓝"的诗句。在这样多雨的季节,河水还如此清澈透亮,这是深山在用浪花为我们传递信息呢——它告诉我们,这里有着茂密的原始森林。

往河岸的悬崖上看去,虎耳草开着耀眼的白花。旁边是一树开白花的植物,穿谷风吹来,枝条间竟响起轻轻的哨声。小金说:"这叫'鬼吹箫'。"

小金知道我们非常关注植物,又指着一丛绿叶跟我们说,独龙族人很喜爱它,过去他们会剥下这种树的树皮,鞣制出纤维来织造披在身上的麻毯,也经常采它的叶子来喂猪。我知道荨麻不仅能入药,其纤维还能织毯。但这不是荨麻呀!我正在疑惑之时,小何鉴别出来,这是水麻。这时我们才恍然大悟,都对小何竖起了大拇指。小何是保护区的工程师,他曾多次跟随李恒教授在野外考察。在后来的行程中,小金经常用独龙族的语言和他的知识储备为我们介绍一些植物,小何则综合纳西族、傈僳族和植物学的专业知识对小金的讲述加以补充说明,这就大大加深了我们对民族植物学和少数民族风俗的了解。

一队马帮从后面行来。马驮着货物,脖子上的铃铛叮当作响。铃声和着山野的鸟鸣,顿时河谷好像开起了音乐会。

待马帮走近后,因为要给他们让路,我们只好尽量往左边的河岸靠去。李老师突然惊呼:"啊哟!"

我们紧张地看向她,她却露出惊喜的神色。循着她的视线看过去,大家立即兴奋起来——一棵大树上,正盛开着熙熙攘攘的兰花,其叶修长隽秀,花瓣外面黄黄绿绿的,内面下部印有鲜艳的红斑。小何兴奋地说:"这是我第一次见到这样茂盛的小贝母兰,看起来一共有上百朵花。它附生的这棵水青树也是珍贵的古老植物,还开着花呢!"

一下子收获了两种稀有植物,这让我们无比欣喜地期待后面的旅程。往前走着,路崎岖起来,天也阴了。走了四五十步后,一股香味传来,小何压低了声音说:"是瑞香!在河岸边!"

幽幽的清香将我们引向一棵无叶的灌木,它的枝头缀着四五朵半球形的淡黄色的花,有一种端庄、高雅的风韵。

我们又往前走,终于到了嘎足保护站,几幢绿色的木屋出现在眼前。已经走了四五个小时,我们在这里吃了点干粮,稍事休息后又踏上了旅程。

前进途中,我们发现对面的山坡上有明显的界线,一边是低矮、稀拉的次生林和农田,一边是郁郁葱葱的森林。小何说我们已经进入了保护区。

这时,迎面走来一位巡查回程的保护站的小伙子。他告诉我们前面出现了大塌方,行人可能过不去。小何停住了,我安慰他说:"走,车到山前自有路!"

天更加阴沉,河谷两岸峭壁陡立,上空林木的枝条形成了穹隆,只有普拉河依然欢乐地高歌。

李老师发现一株绛红泛紫、挺着肉箭的植物,约有20厘米高,浑身没有一片绿叶,只有累累的花苞。

"李老师真是好运气,这可是稀罕物,难得一见。"小何说。

我们都急着想知道这是什么,小何却要我们猜,大家没一个说对的。最后还是小何说道:"天麻你们知道吗?是一种名贵的中药。"

"这不是天麻。天麻我见过,倒也没有一片叶子,花苞也是这样。难道它们是一个家族的?"我很疑惑。

"兰花分地生兰、附生兰、腐生兰。它是腐生兰中的珊瑚兰。天麻也是腐生兰。"

这真是一语惊人。我确实是第一次听说天麻是兰科。大约是因为天麻最贵重的是它的假鳞茎,且天麻是以未出箭、开花的为上乘,所以我才忽略了它美丽的花朵吧!我深深地向小何鞠了一躬,说:"谢谢!"

小何却陡然涨红了脸:"刘老师,这我担当不起。"

去独龙江途中见到的珊瑚兰（李珍英　摄）

独龙族的小伙子让我回程时把它带上，留作纪念，我没同意。因为这是生它养它的地方，就让它的芳香、美丽永远伴随着普拉河吧，我更愿意在回忆中怀念它。

大家都沉浸在发现的喜悦中，塌方也就不算什么大问题了。每个人都在泥泞中愉快地向前走，手脚变得特别敏捷。

我们刚上到一个陡崖，河谷里的风就带来了阵阵幽香。我站在崖边细细搜寻，猛然发现瑞香就在左上方的崖上。这个陡崖下方无一物支撑，崖头向河边伸去。大家互相扶着，艰难地往上攀。我们刚把李老师送上去，就听到她大喊："啊！这里开满了瑞香，像繁星一样美丽！"

随后，河谷里便回荡起了探险者满腔的惊喜！

我们沿着普拉河向高海拔攀登，目之所及，盛开的瑞香多了起来，河谷中时时弥漫着它特有的芳香。

突然，云天洞开，河谷里一片灿烂，阳光将两岸的森林照得碧绿耀目。

一只大雕冲天而起，展开巨大的翅膀，在蓝天翱翔，悠然之间敛翅，如箭般斜刺往下俯冲。只听得森林中哗啦一声，大雕已再升起，那爪下却有一只小兽在挣扎，四蹄不停地划动。

"麂子！"

"小野猪!"

小金、小何大叫,大家都不由得追着大雕跑了起来。

从它在阳光下闪着金色光芒的翅羽判断,这很可能是金雕。作为大型猛禽,它完全有能力从空中俯冲而下,猎取小动物。

忽然,右前方传来一阵急速的蹄声,从蹄声判断,应该是大型野兽。我和小何赶快停下,独龙族的小金却异常兴奋地冲下河谷,闪电般消失在丛莽中,只听见不时传来他"啊啊"的叫喊声。

森林中,有一前一后两条"线"在游动。我们焦急不安,不知道是那家伙在追小金,还是小金在追赶那家伙。在大家不知怎么办才好时,小何眼疾手快,从地上捡起一根枯木,摆出随时出击的姿态。李老师向我身边靠来。小郑茫然地东瞅西望,顺带看看热闹。

终于,一只大野兽出现了。它头部较大,毛色黄褐,如牛一般,奔跑时扬起一对一字形的又短又粗的犄角。

"白袜子!白袜子!"小何像个孩子似的跳着、叫着。我定睛一看,这野兽的模样颇有特点,它的四蹄下部是雪白的。

难道是野牛?我曾在南非见过野牛群,在夜间只能看到一片闪着虹光的眼睛,很容易使人误以为是磷火。只有观察车上的探照灯光柱照到它们时,才能看到它们的真实面目。对!肯定是!我正想仔细观察,它却已蹿入森林中。

小金跑回来,气喘吁吁地说:"这是我们独龙江特有的独龙牛!小时候经常能见到五六只结成一群,现在少了。"

阳光剧敛,如来时一样突然,河谷又转为阴幽。老天似是特意安排了刚刚那惊心动魄的一幕,以犒赏艰难跋涉的我们。

前面的大塌方使半壁的山坡垮了下来,泥石淤塞,两人合抱那么粗的大树狼藉倒地,崖上还有条溪流如瀑般跌落下来。塌方面积有100多平方米,我们面面相觑。

独龙牛（李珍英　摄）

"难道只能往回走？"我着急地问。

小何没有答话，向塌方处走去，将倒下的树木东搬搬西挪挪，不久就说可以从那里过去了。

我们踩着树干，小心翼翼地走着，脚下不时打滑。通过这一段后，一人多高的大崖又挡在我们面前。小何找了根树棍在崖上挖方便我们下脚的崖子，让我们踩着洞往上爬。等到我们爬上崖，全身都汗湿了，老天偏偏又下起雨来，使我们一个个成了泥猴子。

这时,河湾里出现了一只雕。它在河面上低空滑翔,翅膀平展着,一下也不扇动。但它锐利的闪着虹光的眼睛不时转动,在努力寻找自己的猎物。正当我们想看它如何捕猎时,它却消失在河湾下游。

雕飞走了,却引起了小何、小金对金雕的猎物的争论。小何说是麂子,小金说是野猪崽。小何说,贡山麂的体型比较符合。他向我们解释,贡山麂的体型是麂类动物中最大的,这是20世纪90年代才发现的大型哺乳动物新种,是贡山特有种,数量很少。我们听罢,都觉得合理。

东坡西坡　古老的原始森林

1990年到2002年,中间相隔了12年。应该说现在的路况要比12年前李恒所走的好得多,那时更为险绝。李恒教授在2018年向我谈到当时过藤篾吊桥渡江的情况时,神色中依然流露出惊悸。她在回忆时,还经常用"爬天梯、登绝壁"来形容当时的路况,她当年的毅力和定力可见一斑。我们曾碰到过泥石流和滑坡,看到这种情况,马帮是先用人力将物资背过去,再牵着马从山上绕过。那么当年考察队遇到泥石流时,四十八匹马驮运的物资也需要人力背运,条件这样艰苦,他们是如何克服的呢?这些问题想起来都让人揪心。

12年前,也是一个风雨变幻莫测的季节,李恒率领考察队挺进了独龙江流域。

李恒因担心高山天气多变,所以只在古驿站休整了一夜,便率考察队和马帮前往东哨房(驿站),准备翻越海拔3840米的东哨房垭口。

离开古驿站不久就开始爬山了。林相随着海拔的升高逐渐变化,从湿性常绿阔叶林到落叶树种渐多的野核桃林,再到山脊的石栎和杜鹃矮林。万千植物在大自然中有序分布。

李恒站在风雪垭口,眺望着山体在雾霭中如腾云驾雾的游龙,逶迤向南奔去。雪峰银亮蜿蜒，墨绿的沟壑鳞次栉比，那是她要用毕生精力去研究的世界啊！

地质资料上记载，独龙江流域是一个极为古老的陆块，早在远古时代就由海底隆起成陆地或岛屿。在中生代末期，白垩纪的燕山运动期间，形成横断山脉巨型南北向山系，即三江弧形构造。独龙江属于弧形构造的西缘部分。晚中新世初期，三江弧形构造左旋，从晚新世开始，弧形构造由左旋转化为右旋。独龙江流域在历经这左右扭曲的地势运动之后，终于形成了今天的地貌格局。

第三天的路程最为艰难。陡峭的山势使风雪垭口无异于鬼门关。李恒还算幸运，多变的天气并未为难她，但是路太陡峭了，她的学生小黄一步也不敢离开她。

这天的路程比前两天的路程总和还要长。驮马在这崎岖的山道上不肯轻易迈步，常常驻足踌躇，好在独龙江乡政府派来迎接的民工已经到了。西哨房在高黎贡山的西坡，从东哨房到西哨房足足走了半天。

这半天对李恒来说具有特殊的意义——都说同一种植物在高黎贡山的东西坡大不一样，李恒走得很慢，像个寻宝人一样谨慎地探察着。

是的，她发现了宝贝。虽不能一眼就识出其真面目，但她已敏锐地感知到这是一株特殊的植物，是一个新种或变异种。这似乎是从未被记录过的重楼属的植物，但叶已枯萎，也没有花朵，令人无法判定它的种类。李恒小心翼翼地将它挖出，准备带回去栽培。（可喜的是，第二年它真的发了芽，还开了花，经鉴定，果然是一个新种。）

李恒就这样边走边探索这个神秘的植物世界，思索着种种奇异的现象。其实，她刚走到普拉河谷时，就碰到过两位傈僳族的大嫂。她们得知她要翻越风雪垭口，连忙边说着傈僳语，边做出"去不得，去不得"的手势。李恒只是用微笑谢谢她们的好意，随后继续赶路。

这天快走到西哨房时,她碰到了从独龙江来的独龙族汉子。这汉子更是说得直白:"哪有女人翻山去独龙江的?这条路走不得。"她还是用微笑谢了他的好意,仍旧向前走。那汉子原以为她是县里的干部,小黄告诉她这是自己的老师,是专程来考察植物的,汉子听后才似懂非懂地竖起大拇指。他站在山崖边看着被强劲的山风吹拂的瘦小的身影,脱口说了句独龙语。后面一位背工告诉李恒:"他说你长了一颗老虎的胆。"她仍然只是微微一笑。

俗话说"上山容易下山难",他们一路下坡,在乱岩中穿行。走得快了,会刹不住脚步,容易撞岩或失足落崖;走得慢了,背着的物件越来越重,消耗大量体力。大家都走得非常辛苦。20多岁的小黄,昨天还能在险要处搀扶老师一把,现在却要老师时时鼓劲,有时还要人伸手拉他。

夕阳将群山渲染得无比壮美,峰峦中现出一条碧绿的飘带——独龙江。李恒忍不住驻足眺望,那就是她接下来要用8个月去探索的神秘世界,她心里充满了对植物世界的热情和探究的渴望。

在山野中走夜路可不是件容易的事,前队的影子早已看不到了。李恒加快了脚步,叮嘱小黄紧紧跟着她。西天最后一抹霞光消失了,山谷被黑暗笼罩。他们摸黑到达了山脚,要去当时乡政府所在地巴坡休息。刚下到平路,他们就不知怎么迈脚了,都像鸭子似的一摇一晃地挨到了宿营地。小黄刚进门就躺下休息了,他累得连晚饭都不吃了。

2002年,我闯荡独龙江的计划曾被东哨房垭口的风雪打断。在李恒教授精神的感召下,我和李老师在2006年3月重新启程去往独龙江。我们到怒江傈僳族自治州首府六库的第一晚,郑波就匆匆赶来,说他与贡山县保护局通电话了,那边的回答是前两天高山又落雪,大雪封住了垭口,山下聚了一帮等待通行的人。李老师急了:"公路虽然不通,但我听说风雪垭口的雪已化了,两边都有人来往。我出发前才打的电话,怎么说变就变了?"

"是老天爷变了，老天爷是孩儿脸。别说3月了，高山4月、5月落雪也不是怪事。"小郑笑着说。

李老师镇静下来，说："这不怪你，还请你再帮我们问问要等几天。"

"这个谁也说不准。垭口现在被雪封了，就算不再下雪，化雪也要再等四五天。"

我们反复考虑，决定等到天气较稳定的10月再来。于是我们改变了计划，改道去兰坪，再到德宏。这样的路线可以让我们把高黎贡山的南端看完。

当年10月9日，我们又来到昆明。这次我们决定先去拜访李恒教授。当她的学生纪运恒博士带着我们拜访她时，她正在标本馆聚精会神地看标本。李恒教授满头青丝，面颊红润，也不戴老花镜。她看起来与4年前似乎没有差别。4年前她73岁。李老师小声地对我说："难怪纪博士总是提他老师的一句话'热爱植物就是热爱生命'，她已经融入了植物世界，大自然使她永葆青春了！"

她见到我们很高兴，说："没想到你们是这样热爱自然。我算'痴'，你们算'迷'了。"在与她交谈的过程中，我们得知她去年10月到11月又去了独龙江，今年8月还去了一次，这样算得上是三赴独龙江了，可以说李恒教授真是与独龙江结下了不解之缘。这两次补充考察，消除了她心中的一些担忧。她发现当地群众不再烧山、刀耕火种了，还兴起了退耕还林运动，生态意识大大提高。政府也加大了扶持力度，那里的生态越变越好。她得知我们此行的目的后，笑着说："你们也是三闯独龙江，这次一定能成功。"之后还叮嘱了我们一些注意事项。

我们怕打扰到她，就匆匆告辞，之后转到纪博士那里，听他聊李恒教授。他说，李恒教授对待植物就像对待自己的孩子。跟她在野外考察，发现新种的常常是她，似乎草木在她眼里才能现出本色。这常使他感到惭愧，但这种惭愧又会转化为激励他前进的力量。纪博士提起2002年在贡山考察时，李恒教授走了很长的路来给他们送菜,她到了之后却一眼看到一株特殊的草。她连忙采集,后来证明那是天南星的一个新种,被命名为"丹珠南星"。他们当时每天都在帐篷外走来走去,这么多天从未发现过它。这件事让他感触很深,"台上一分钟,台下十年功",只有具备深厚的学术修养,才能有独到的眼光去做好科研。

独龙南星(施晓春 摄)

纪博士说,李恒教授对学生就像对自己的孩子。她说过,学生若不能超过老师,那是老师的失败和无能。她对学生要求很严,但他们这些学生有了问题都喜欢去请教她,甚至常常与她辩论。她学而不厌的精神令人崇敬。学生辈给她的评价是"年轻的分子生物学家,年老的植物分类学家"。

听完李恒的故事后,我们欣然踏上了去独龙江的路。到了贡山县,我们与自然保护区管理局的朋友很快商定了行程。只是忽晴忽阴的天气使我提心吊胆,生怕再遇上一场雨雪。

出发那天早晨,云在山脉上浮荡,怒江依然涌流,岸边的寨子在雾气中忽隐忽现。小何来问:"走不走?"我说当然要去。小何说:"不怕下雨、下雪?"我说:"走到哪儿算哪儿。若是车子开不了,这次走也要走到独龙江。不就七八十千米吗?常说事不过三嘛!我们是三闯独龙江了。老天再不感动还算老天吗?"

小何他们的车在前领路,余师傅驾着我们的车在后。出城没几千米,余师傅就嘀咕了声:"路况比我想的还要坏。"他是位帅小伙子,转业军人,经验丰富,技术熟练,喜欢摄影,算是老朋友。是的,路是沙石路,经过一个雨季的侵袭,到处是大坑小洞,就像毛毛虫吃过后千疮百孔的树叶。

路边茂密的森林满目苍翠,全是高大粗壮的阔叶林。我不禁有些奇怪,贡山县城海拔只有1450米,难道我们现在已经在海拔2000米处了?我向郑波提出了疑问,刚得到他肯定的回答,前面的车子就停靠在了路边。

原来这里的林相最好,他们建议我们下车看看。下车后,我们看到了不一样的风景。这里的森林的确是湿性阔叶林与针叶林混交的林带,胸径1米多的红豆杉、油麦吊云杉、多花含笑等比比皆是。大树上寄生、附生着蕨类和兰花,红的、黄的,在绿叶中特别撩眼。小郑指着前面的一片林子说:"刘老师,还认识它吗?"

"厚朴,贡山厚朴。李恒教授说过,这是贡山的特有种。2002年我们来探路时见过,当时正开着雪白黄蕊的大花,满山坡都是它的馨香。"李老师抢着说。

看来她也算得上李恒的一位聪明学生。

这时,小何他们却正在沟口寻找着什么。原来他们年初时救护了一只黑熊崽,等它养好伤后就是在这里放归的。他们惦记着它是不是还在这一带。

我们就这样走走停停,领略着东坡的风景。可是路况愈来愈差,我们常常要下车搬开挡在路上的滚下的山石。车子向前行驶着,突然一顿,接着斜向倒去。我们下车一看,个个吓得一身冷汗:车头有一小半已悬在悬崖外。若不是开车的余师傅反应快,车子肯定翻下去了。

前车的小何跑来确认我们的安全,看到大家都没事,他长嘘了一口气。接着,他指着这边的山坡说:"大家瞧,别看这片半人高的草已经枯了,当年李恒教授从这里采到了很多重楼的标本。这草叫什么名字我忘了。但她说,这样的生境是重楼最喜欢的,是林下栽培的最优选择地。她还要我们做个样方,为发展林下重楼种植业积累经验。"

重楼是云南白药最重要的成分，经济价值高。但自然生长的重楼无法满足大量需求，政府正在研究人工栽培，要将其发展成产业。小何的这番介绍说得很适时，一下就将大家的注意力从险况转移开去。

而余师傅经历了这惊险一幕后，愣了半天，等调整好情绪，才坐上车。我们为了安全起见，一致决定降低车速。事后李老师对我说："要不是余师傅开车，我情愿步行到独龙江，也不愿意再坐车了。"

慢慢走也有好处，我有了更多时间来观察沿途的植物。从林相看，针叶林逐渐多了，秋风已将阔叶林熏染得层次分明，你可从"淡黄—金黄—淡红"的色彩中，判定海拔升高。即使是常绿的铁杉、云杉、红豆杉和针叶林，那绿的厚重程度也是有变化的。春夏秋冬总是应着时间的轮回，为森林、大山换装。

车继续向上走，路也更加崎岖。小何喊"停车"，余师傅马上踩了刹车。我

秋色初染（李珍英 摄）

旱季高山草甸与针叶林（施晓春　摄）

们下车后，顺着小何的目光看向路左对面的山坡。那里有一片铁杉林，树干遒劲，树枝上挂满飘拂的松萝，犹如岁月老人正在做太极推手。

小何说："这片林子古老，我们曾来这儿做过样方调查。这里胸径3米以上的铁杉等乔木有100多棵，平均树高在20多米，最少也有上千岁了！这里物种丰富，铁杉林下还有石栎、樱桃等，林下的枯叶有一二十厘米厚。李恒教授说，像这样的原始树林是大自然赠给人类的财富，别处已不多见了，高黎贡山却还有很多。李老师，还记得那年我们在其期看到的秃杉林吧？那也是极珍贵的。"

李老师说："怎么会忘呢？有时做梦还梦见了。"

古老的原始森林(李珍英 摄)

我说:"李恒教授说独龙江也有。"

余师傅催我上车,但我被原始森林吸引,想到至今还能保留得这么好的原生态的森林,大约只有在高黎贡山才能看到了。还应感谢那风雪垭口的阻隔。

车在山脊上行驶,我向余师傅竖起大拇指,以资表扬。他却说是向我学的。其实我也是向考察队学的，大凡从事野外考察者或是猎人，逢到山脊、山口是非查不可的。那是生命的通道，无论是植物的种子还是动物，都会在这里留下痕迹。

这里的海拔最少也有 3000 米，往下会看到幽深空灵的山谷，那里的沼泽如繁星闪耀，其形或大或小，千差万别。随着地势的变化，植物也呈现出不同的姿态。金色的灌木、红色的水草、绿色的青苔、银色的树叶，多样的植物组成了优美的画卷。

小何说："傈僳族的兄弟把这样的高山沼泽叫作'神田'。他们认为是上苍教他们如何构筑梯田，从事农耕。其实我们纳西族也有这样的传说。你去过香格里拉的白水台吗？"

高山沼泽(李珍英　摄)

"2000年去过,我知道那是你们纳西族的寻根处。我知道那是长年累月的矿物质沉淀又喷涌而形成的华泉台地。白水台层层叠叠的,是纳西族的奉神之地。对,那里也被称为'神田',跟这个传说一样。"李老师说。

小何意犹未尽,说:"五六月来,杜鹃花才叫灿烂。各色杜鹃花挤满了山谷,真可以说是花海了!山谷里弥漫着彩霞,风也是馨香醉人的。这是一种灌木杜鹃,呈垫状,矮的只有几厘米高,生长在山坡上,真成了彩色地毯。"

我们听着小何的描述,仿佛已经闻到醉人的香气了。但我判定不了这是东坡还是西坡,心里想,再见到李恒教授时,一定要问个明白。

李老师有些烦躁,老天总是阴沉着,光线不好,难以拍到满意的照片。

进入隧道了,显然隧道还未完工,顶层四处漏水,两壁湿漉漉的,路面也不平整,不少路段还是用乱石垒起的。据说隧道有300米长。

但是一出隧道口,山下一条蓝莹莹、绿莹莹的大江耀眼,水色太美,如液态的流动的翠绿,缠绕在山峦中——啊,独龙江!

有这样美丽的江水相伴,我们顿时觉得路好走多了,4点多便到达了独龙江乡政府所在地孔当。这七八十千米的路程,在高速公路上行驶的话最多不超过1个小时,可我们的车竟跑了七八个小时,而且走的还是相对好走的公路,由此可以推想李恒他们进山有多么不易。

雪线奇观

李恒教授的考察队受到了群众的热烈欢迎。她将大本营扎在乡政府附近。

按行政建制,独龙江乡是贡山独龙族怒族自治县下辖的一个乡。那时的乡政府设在巴坡。巴坡在独龙江的中下游,与缅甸紧邻。虽说巴坡是个村子,但直到我们2006年去时,那里依然不太繁华。除了曾是政府部门的办公场所外,巴坡看起来与小村子并无明显的区别,居民们住的也多是木屋或茅屋。

李恒本就是一位无比珍惜时间、视时间为生命的人，来到日思夜想的独龙江，正想撸起袖子加油干时，却碰到了难题，虽然对这里的困难有思想准备，但百密一疏。考察队首先要安顿下来，谁知却费了一周的时间。说是大本营，也只是两间木屋。为什么？找不到向导和民工，考察队寸步难行，只能先熟悉环境和在附近采集标本。

　　那时，独龙江生产条件还是很落后的，当地民众还沿用着刀耕火种的耕作方式。此时正值秋季，雨水少，又是农忙季节。农民先要收获成熟的庄稼，然后就得重新烧山，烧了山之后还必须清理火烧地，再为秋种做准备。而火烧地的肥力一般只能维持一两年，等长不出庄稼了就只能再换地。"一年靠火气，两年靠力气，三年吃空气"的顺口溜，正是这种耕作方式的最好写照。

　　说到独龙江人民收获庄稼的情景，我也有一番体验。2002年，我和李老师在穿越大峡谷时，注意到山坡上有零零落落的小茅房。房子与房子间距不一，都建在庄稼地边，很简陋，每间房占地约20平方米。由于山势险峻，盖房子难以找到平地，这就使得建成的屋子像是由参差不齐的木棍顶起的茅草堆。郑波向我们介绍，这叫"千脚屋"，又叫"鸡脚屋"。陡峭的山势不仅不适合造屋，也将耕地变得七零八落，农民们寻找耕地时，像开梯田一样。要维持一家人的口粮，就需要多块地。播种时，他们由低处向高处的田块耕种；秋收时，先收成熟的庄稼。收获的粮食就储存在地边的"千脚屋"中。过日子时，一家人从一个"千脚屋"吃到另一个"千脚屋"。一家人应着四季搬家、播种、收获过日子，省了挑来搬去，满足而快乐，简单朴实。

　　时间一天天过去，尽管李恒教授花费了很多精力，可还是没有找到向导和翻译。她不知道为什么这件事变得这么困难，最后还是乡长的儿子解开了她的困惑。

　　原来在农忙季节，寨子里各家的主要劳动力都上山了，吃住都在山上。除了收获和播种，他们还有一项重要的工作，就是砍柴。他们在这段日子里要将全年的柴火准备充足,尤其是过冬的柴火。所以现在留在寨子里的多是老人和小孩。

按乡政府规定,考察队每天可以支付向导、翻译30元报酬,这在当时是比较高的。然而,独龙族同胞关于"钱"的概念很淡薄,大概是因为淳朴的本性吧。若不是政府有规定,平时他们帮了忙是绝对不会收报酬的;即使收了,也会立即拿出来买酒、买食物,和大家一起分享。

后来还是乡长动员了儿子、邮电所的邮递员、小学老师、乡政府的通讯员、高小学生,使考察队在一周之后得以展开工作。

独龙江确实是个神奇的世界。不久,李恒就采到了不少令人兴奋的标本,如红豆杉科的贡山三尖杉,木兰科的红花木莲、缅甸木莲,八角科的贡山八角,木兰科五味子属的红花五味子,水青树科的水青树,樟科的黄脉钓樟等。

振奋人心的是,她发现了旌节花科的滇缅旌节花和十萼花科的十萼花。前者是稀有者,后者仅一属一种。这个发现对于研究植物区系有着重要意义。

合蕊五味子(施晓春 摄)

独龙江区域是多雨多雾地区,即便是大晴天,也经常在早晨大雾弥天,往往10点多才能看到太阳。考察队担心森林中的浓雾是瘴气,所以白天采集的时间不多,晚上还要整理标本、压制标本、烘烤标本。队员们都累坏了,大多倒在床上就扯起了呼噜。李恒却在烛光下一边看着烘烤的标本,一边检视标本,将它们分类、归档。

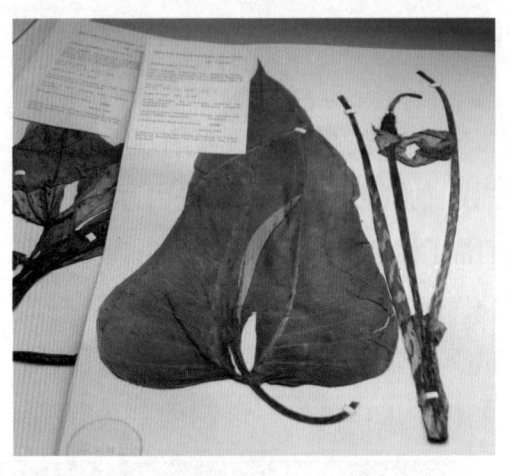

植物标本(李珍英 摄)

野外考察，走路是日常功课，但在这里几乎每天都在爬山——独龙江是高黎贡山的北段，恩梅开江上游，是个河谷地带，北高南低。最北的山岭是滴舍尔腊卡，最高海拔4969米，而南面流出国境的江面，海拔仅1160米，相对高差有3000多米。南北长90多千米，宽30多千米。身体的劳累还不算什么，最恐怖的是蚂蟥、马鹿虱子和毒蛇。蚂蟥栖息在草上、树上，有人经过，它就隐蔽地迅速吸附到你的头上、身上。只要防护的山袜有个针尖大的小洞，你一有温湿的感觉，撩开衣服查看，那里已是鲜血淋漓。原本细线样的蚂蟥，吸饱血都像个球滚了下来，没吸饱的还死死叮在肉上。它在吸血的同时释放溶血剂，所以流血不止。硕士生小黄第一次见到腿上血像几条小溪往下淌时，吓得脸色发白，浑身颤抖。时间长了，其他人也就见怪不怪，只是采取了更加有效的防护措施。

毒虫中最可怕的要数马鹿虱子，它个头不大，黄褐色，净拣人体最柔软的地方叮咬。有天考察队从野外回来后，李恒忽然感到胸部有些异样，便撩开衣服看，结果赫然发现一只马鹿虱子正叮在那里吸血。她倒是很镇静，没有声张，也没有去医院，而是找来一把小刀，把虫连同那块肉剜下。她疼得头上冷汗直冒，手中动作却很稳。虽然处理很及时，但伤口还是过了好几天才愈合。这是因为马鹿虱子的口器像把钳子，如果遭到人拉扯或扑打，口器就会留在肉里并化脓，处理时必须开刀挖下那块肉。

身体的劳累再加上毒虫的叮咬，没过几天，李恒就发起了高烧。她忽冷忽热,有时冷得缩在睡袋中,有时又热得大汗淋漓。她本来以为得了感冒,并没有声张,直到大家看她卧床不起,羽绒睡袋中能倒出汗水了,才赶紧将她送到乡卫生院。尽管县里派来的两位医生正好住在乡卫生院,处理得比较及时,但治疗后,她的情况仍不见好转,考察队不得不向昆明植物研究所汇报。

所领导清楚独龙江的状况,要考察队迅速从那里撤出并返回昆明。对此,李恒的回答很简单:"只有死了才回去。行前不是已写了遗嘱吗?"

这可真应了"将在外,君命有所不受"的老话。昆明那边急得火烧眉毛,考察队这边就是按兵不动。

其实,队员们正面临着情绪的波动。先不论这里条件有多艰苦,现在队长病重,又是60多岁的老人,这怎能让人放心呢?但不管大家怎么劝说,李恒就是不松口。后来为了稳定军心,她选择出院,继续卧床工作。事后她还说:"这场病来得不是时候,浪费了好几个大晴天!在多雨的独龙江,晴天多宝贵啊!"

她生病时,有很多人都牵挂着她。边防派出所所长给她送来了棉被,为她替换了湿透的羽绒睡袋。乡干部也纷纷来看望。认识或不认识的独龙族大妈、大爷送来了鸡蛋、母鸡和绵软的食物。独龙族的同胞很朴实,送东西时只是默默地放在门口,不打照面就回去了。

过了几天,李恒终于能下地活动了。植物考察,主要工作之一是采集标本,但采集标本绝不是拔草折树那么简单,不仅需要体力,更需要眼力。各种意外状况让李恒有些担忧,但仍未磨灭她工作的热情。

独龙江是夹在担当力卡山与高黎贡山之间的一块狭长的河谷地带,江水自北而南穿过整个区域。据此,李恒将队内的四人分成两组,要求他们在11月到次年2月,从上游开始沿江考察,从北到南将整个区域普查一遍。寨子很分散,最南边的钦郎当是散落在河谷地带的村公所所在地,从巴坡走要走2天;最北边的是迪政当村,从巴坡走要走上3天。

植物标本（李珍英　摄）

那时高山已经降雪了，但标本仍要从河谷一直采集到雪线下。

在独龙江南部，海拔1200米到1500米的河谷地带，怒江藤黄、润楠群落很有特点。它们种类繁多，林冠平整，层次结构明显。上层乔木高约25米，树干通直，分枝高，冠幅较小，以怒江藤黄为主，另有细毛润楠、细毛木荷、大叶桂、马蹄荷、红花木莲等。第二层乔木高8米到10米，除怒江藤黄、润楠小树外，还有针齿铁仔、单叶常春木等10多种……林下灌木和草本、藤本植物种类丰富。特别是藤本植物中的苦葛、飞龙掌血、七叶崖爬藤等，直径竟有20厘米粗……

李恒欣喜。她认为，这类群落仅分布在独龙江，反映出河谷地带终年温暖、潮湿、多雨的生物气候特点，可称之为湿性季风常绿阔叶林。虽然它分布在多石、陡峭的不宜耕作的山缝，有利于保护，但它海拔较低，人为干扰大，因而需加大宣传和保护的力度。

在这里，她发现了独龙江和怒江的特有物种——俅江青冈。俅江是独龙江的别称。这个群落在江的两岸，常呈带状分布，构成一道美丽的风景线。它与润楠组成一个特殊的森林群落，这个群落在偏僻的、人迹罕至的地方尚存原始森林，植物种类复杂多样。单是上层树种就有10多种，树高一般在20米到24米，包括俅江青冈、贡山润楠、红花木莲等，其中树王的胸径达到160厘米。乔木，如绒毛新木姜子、夺目杜鹃等，在第二层占有较大空间。那里附生植物多，李恒曾对一棵大树做过调查，发现附生的蕨类植物如兰科、天南星科等

独龙江畔的阔叶林(李珍英　摄)

有20多种，一眼看出，似是热带山地苔藓林的模式。

她告诉大家要保护好这个群落，并认为只要停止砍伐，这里就能较快恢复到原始状态。

李恒教授在钦郎当发现了红芭蕉，这是一种蓬勃而高大的植株，艳红的果实洋溢着喜气。这一发现真是让人喜出望外。红芭蕉是重要的种质资源，它的种植和繁育将改变我国黄香蕉一统天下的现状。

2000年10月，我们在巴坡那边发现了红芭蕉。因为它太稀罕了，我们心存疑虑，别是引种来的？于是向李恒教授求教。她也乐了，说："确是移栽的，但的的确确是独龙江的本地种。是我从上游的钦郎当移来栽在山脚的。"

我第一次见到红色芭蕉是20多年前，在海南岛儋州热带植物研究院，据说是从南美洲引种来的。其味并不比黄香蕉的味好到哪里,后来未在市场上见到。不久前得知广西科技厅2001年从马来西亚引进了红香蕉新品种,果肉淡黄色,肉质细腻,抗寒性强,生长旺盛,果实大,外观美,有特殊的兰花香味,维生素含量极高。它售价高,但产量低。若是研究独龙江红芭蕉的新品种,说不准能发展成特殊的产业。独龙江不愧为"人间最后秘境"。

发现红芭蕉的意义,还在于证实了高黎贡山确是从古南热带大陆带来了众多的热带植物。

独龙江的植物世界太神奇了,作为拓荒者的李恒,几乎每天都有新发现。她没有忘记吴征镒的嘱托,寻找滇藏木兰。其实,吴征镒也是受人之托——是加拿大温哥华大学植物园的瓦尔顿,他写信,说中国的西部松塔雪

野生的红香蕉,珍贵的、罕见的种质资源(李珍英 摄)

山之阳(独龙江),有种特别美丽的冬花,叫滇藏木兰,在悬崖百丈冰时,它却怒放出迷人的鲜花,与白雪相映,自有一种傲骨,具有特殊的审美价值。瓦尔顿希望知道它是否还有,要求与我国合作研究。

独龙江的冬花繁多。李恒找到了散落在山谷中的滇藏木兰,然而只有花蕾,花蕾长满茸毛,简直是艺术品。

她在西哨房那边采集标本时,惊喜地发现了杜鹃花群落,乔木的、灌木的

间杂其中。粗略地观察,品种竟有 10 多种。难得的是大多已萌动了花蕾,更令她喜出望外的是发现了大树杜鹃。冯国楣教授寻找大树杜鹃的故事曾经轰动一时,李恒知道它只生长在高黎贡山,分布地区狭窄,没想到距大塘如此遥远的独龙江也有分布,绿叶中挺出了无数饱满的花蕾。

她心存感念,站在白雪皑皑的山崖上,任凭凛冽的朔风吹拂,默默地推测着花信,期盼着百花齐放的盛况。

她是个爱美的人——不爱脂粉,只爱自然之美!

大概是有心灵感应吧,李恒教授这天特意绕道去看望滇藏木兰,刚进山谷,清香便拂面而来。啊,无叶枝干上花蕾初放,空谷中闪烁着无数紫红的繁星。滇藏木兰是落叶乔木,却以"未叶先花"著称。花朵也有四时——花蕾、含苞待放、初放和盛开状态,色彩各异,花形百态。李恒自此有空即来,直到它绽放。那如莲的花瓣前端雪青泛紫,下端粉白泛紫,晶莹、纯净,每朵都宛如艺术品,难怪远隔重洋的加拿大植物学家为之神往。

2月1日,大雪纷飞,天地茫茫一片。贪恋着采标本,考察队在孔当海拔2000多米的山上,这时被阻在前不着村,后不着店的山上。怎么办?潘福根毕竟是军人出身,他先把大家安顿在山崖下,然后四处搜寻,好在终于找到了一个山洞。他刚把大家领到那里,风雪更狂暴地吼起来,队员们冻得瑟瑟发抖。还好,向导是当地人,迎风冒雪走到山上拾掇了些柴火。火熊熊燃起了,大家顿时感到饥肠辘辘……

一夜风雪,队员们都蜷缩在岩洞中。那种困苦与无助、孤独,不是亲历者是难以体会到的。当然,这也是大自然探险的魅力之一。

好不容易天亮了,新的一天开始了。然而洞口已经积雪,洞外耀眼,白茫茫一片。风雪已将山岭堆抹得毫无路影,雪花还在零零落落地飞舞。

山路变得充满危险,人稍不慎就可能踏空,甚至落入悬崖。正当队员们面面相觑,不知怎么办时,向导抱着自己的行李,大喊一声:"别怕,看我的!这里我熟悉,跟着我往下滚!"

话音刚落,向导纵身一跳,像雪球一样滚了下去。

就这样,大伙儿跟着向导平安地滚到了山下,同时还享受了熊猫在雪地里翻跟头的乐趣,抱着的行李还可以当作保护服。队员们都称赞向导是个山里精。后来,他们从报上读到,似乎就在同一天,某国登山队在梅里雪山全体遇难了。梅里雪山离高黎贡山直线距离并不远,也是三江并流地区。

这天,李恒去西哨房那边考察大树杜鹃群落。早些日子刚来时,她已经探察了周边的环境,并成功定位了大树杜鹃的位置。她走了一段路,远远地就看到雪地上一片红艳映得山坡如霞如霓。杜鹃花是木本花卉之王,大树杜鹃则是皇冠,紫莹莹的花朵是初放的,水红的则开了有些时日了。花大如盘,细细一数,大多是由24朵至30朵小花组成的。看了花之后,她确定是大树杜鹃无疑了。这种植物可贵的一点还在于隆冬的1月底即遵循花信勃发,且花期长,有二三十天。这是上苍馈赠给人间的宝物,难怪冯国楣教授立志要将它引种到山外,供世人欣赏!

雨雪开了头就没有停歇的意思,一连下了20多天。大约老天也觉得不好意思,除夕时,终于放晴了。考察队喜出望外,抓紧时间出去采集标本。

久违的阳光温暖地洒在队员们身上。所有的植物都闪耀着各自的风采,黄的、紫的、绯红的花点缀在雪野和绿树之中,队员们的心间都被洋溢着生机的自然之美充满了。

走到孟当的江边,杨建昆看到一棵大树上挂着果实。果实是标本中不可或缺的要素,更何况是一棵较为特殊的树。但挂果的树太高了。杨建昆是位工作认真、负责的小伙子,他先是仔细打量了树——树在大崖上,生在崖上的树总是向江面倾去,以获取更多的阳光——然后就往上爬。爬树是采集植物标本的必修课,连李恒也不例外,她曾很风趣地说,得向猴子学。

杨建昆上去了,踩着横枝抓着上面的树枝,采上面挂着的果实。高度还差一点点,他伸手踮脚,眼看就要采到时,只听咔嚓一声,脚下的树枝断了。亏得他敏捷,双手紧紧抓住了上面的横枝,悬空吊在上面。下面就是滚滚的江水,摧浪掀波。江面宽阔,若是掉下去,不知会被冲到什么地方。

那树有二三十米高啊!

惊得、吓得李恒大叫:"紧紧抓住,别松手!"

江风又大,吹得杨建昆像荡秋千。

就算臂力强健,时间一长,树枝难保不断。

李恒一边大喊"救人",一边拾了根树棍竖起,想撑在他脚下让他借力。江风却不闲着,他的身子摇摆不定,怎么也够不着棍子。

李恒情急之中拼命喊叫"救人"。

只见山上一位猎人飞身跑来,解下缠在身上的绳子向上抛去,终于挂到了树丫,又让杨建昆抓住,将他救下来。

杨建昆瘫倒在地。李恒半天回不过神来,只是坐在那里。

此事并未了结,用现在的网络语言说是"继续发酵"。

原来这事被一位记者知道了,他写了篇《来自独龙江的声音》,意在颂扬大年三十植物学家为了考察独龙江还坚持在野外工作。

谁知这篇文章偏偏被队员们的家属看到了,引起轰动。领导、家属、亲朋好友纷纷打来电话慰问、了解情况。那时虽无手机,好在大本营离邮局近,队员们穿梭地跑去接电话。电话那头传来母亲、妻子、儿子、朋友的话语,还总是能听到哭声,接电话的强作高兴,放了话筒抹眼泪。这更引起队员们的思乡之情。

李恒给家里打了电话,询问了老伴的病情,儿子与女儿照顾得周到与否。她特别叮嘱女儿一定要将爸爸照顾好,把春节过得热热闹闹的,并一再保证自己好好的,别挂念。

春节在中国人的心里是阖家团圆的节日,是喜气洋洋的节日,是除旧迎新的节日。按理,一过腊月二十三,家家都得紧张地办年货。但这里没年货可买,只有阳光灿烂——这是最好的年货。虽说要抢回因雨雪流失的时间,李恒还是下了狠心,宣布放假4天。为了调节气氛,他们大年初一在山坡上野餐。

独龙族的同胞却从山上找来了牛,举行了声势浩大的剽牛仪式,家家都分到了一块牛肉。

这一招儿还真管用,队员们都动起来了。村民们也给他们送来了一块牛肉,李恒又找到从昆明带来的腊肉、火腿、海带、干菜。其实,最缺的是蔬菜。这里群众基本不种菜,而是采野菜。李恒是带了菜种来的,但地里刚露出嫩叶就给鸡吃完了。虽是冬天,但还可以找到一些野菜、木耳、蘑菇。长时间吃火腿、腊肉,只要一闻到那味就想吐。又找到面粉,尽管已有霉味,大家还是准备包饺子。包饺子可是李恒拿手的,她曾在北京生活多年。

大年初一,考察队按照独龙族的习俗,在江边的滩头烧起了篝火,支起了野炊的大锅,热气腾腾,菜香四溢。他们欣赏着绿莹莹的江水中雪山、绿树、红花的倒影,听着鸟儿们的歌声。大家谈笑风生,引得乡亲们都拥来参加这难得的欢聚。独龙族也是能歌善舞的民族,歌声高亢、悠扬,舞步狂放、多姿。他们的集体舞很像锅庄,一人领舞,众人随从。欢乐的人群不时有人加入,圈子越来越大,队形随之变幻……山坡上却是另一番景象——从韵律中不难听出,那是姑娘、小伙子们在唱情歌,更有沧桑、悠长的叙事诗般的咏叹调……其特殊的魅力使大家都融入了歌舞的行列,尽情地狂欢……

待夜深人静后,李恒工作的又一黄金时段才正式开始。她将采来的各种标本做好初步分类后,交代队员们整理、压制标本。分类是最需细心的工作,不仅要分辨植物的形态,还要分辨花朵和果实的细微特征。这需要借助显微镜,甚至需要分子生物学的帮助。每种植物都是一个微型的宇宙,不同的宇宙蕴藏着千奇百怪的生命密码。李恒从这种探索中获得了超凡的乐趣,尽管已工作到凌晨两三点,她还是兴奋得难以入眠。

这几天,山外山里都是隆冬时节。山外已是百花凋零,独龙江却是花信勃发。这让李恒兴奋不已。

在海拔 1300 米的河谷和林缘地带的灌木丛中,水东哥的枝条上开满了粉红色花朵。这种花花序大,花期较长,花开多天仍然灿烂如初,远远看去,像是给森林系上了彩带。还有野牡丹科的红叶酸脚杆,它附生在生长于海拔 1200 米至 1700 米的大树的枝丫上,开的也是粉红色的花朵,把大树打扮得花枝招展。

金缕梅科的俅江蜡瓣花是落叶灌木,在河谷和山坡上开有成串的、金灿灿的黄花。植物学家认为此花能在冬季悬崖百丈冰中盛开,是人间奇迹,还曾有外国植物学家要与我国合作考察。经研究,李恒发现它有着古老的身世,见证了高黎贡山的变迁,因而不仅具有较高的审美价值,还具有科研价值。

开绿花的吴茱萸叶五加生长在海拔 1300 米至 2000 米的河谷、山林中,花朵繁多,花序大。有时它会附生在大树上,但如果有较好的立地条件,它也可以独立成林。

常春木属于国家珍稀植物,雪白的花朵组成圆锥花序,密密麻麻地开在常绿的小乔木上。考察队在海拔 1200 米至 4000 多米的河谷中常能与它不期而遇。

俞氏鹅掌柴是为纪念当年在独龙江考察的植物学家俞德浚而命名的。这种植物开白花,顶生大型圆锥花序,高大粗壮,是出类拔萃的风景树,多生长在河谷地带。当年俞德浚并未见到它的花,李恒后来完成了他的遗愿,将花精心制成了标本。

除了大树杜鹃外,独龙江还有一种在 1 月就启动花信的杜鹃花,那就是附生在大树上的常绿灌木——瘤枝杜鹃。

有天考察时,李恒看到森林中有一树火红的大花正迎着风雪怒放,傲骨侠胆的精气神令她惊讶。她跑进林子一看,那花竟由 30 多朵小花集成球状,看起来这常绿的小乔木好像举着一束火炬,风雪愈狂,火焰愈烈。这红色为独龙江的春节平添了洋洋喜气。之后,李恒每次来都要多看几眼,将这花的风姿印在心间。她想,若能将它移种到山外该有多好。

月底,考察队共采得标本 4000 多号。标本采集的位置一直延伸到雪线下,最高处到海拔 3000 米。

她爱冬花

3 月 1 日,第二轮采集开始。独龙江的雨季到了。据不完全统计,这里的晴天,3 月份只有 7 天,4 月更少,只有 4 天,而 6 月则是 6 天。

考察队没有办法,只能视天气情况见缝插针地采集标本。现在晴日变少,相当于工作量加大了。他们不得不增加人手,培训了几个当地青年。这些人虽然都能帮上一些忙,但压制标本是个技术活儿,烘烤标本更需要细致耐心地掌握火候。年轻人耐不下性子,夜晚更易困倦,好几次差点出事故。李恒自己工作的时候还要分心注意他们。

春天是万物更新的季节。惊蛰后,各种野兽也出动了。因为这里常有人因毒蛇丧命,李恒提醒大家用竹竿探路。有一天考察队竟一路发现五六十条蛇。野兽中,冬眠醒来后的黑熊最可怕,它可是个荤素不拒的家伙,好在当地的向导总是能带着考察队避开它。

气温回暖后,独龙江的气候更呈现出"一山有四季,十里不同天"的状况,山谷下雨、山上落雪变得更为常见。这一时期,考察队除了兼顾南北两头,更要跟着雪线跑。

雪线会随着季节、海拔高度、当地地形而变化。有时,雪线也是某些植物适宜生长区和动物栖息地的分界线。队员们顺应雪线的变化来采集雪缘标本。

独龙江的兰花资源丰富。不久前,杜鹃花、长蕊木兰花还埋在高山积雪中,在雪线后退之后,考察队便可以踏着浅雪采到标本了。然而,要采兰花的标本也不是一件容易的事,这需要眼力和智慧。

一次采集活动中,李恒发现不远处灌丛下的积雪泛出异色,格外撩眼。她小心翼翼地踏着积雪,躲着巉岩慢慢走去。这短短的二三十米,她竟走得冒出了热汗。啊,是株兰花!洁白的花瓣如欲飞的蝴蝶,艳红的花蕊在雪地里显得尤为娇憨。

4月,各种花争先恐后地勃发,李恒急着采集标本,他们第二次向上游的迪政当出发。大雨从4月1日开始下便没有停止的迹象,直到7日仍毫无停歇的意思。暴雨引发了泥石流和山体塌方,听说还有牛被塌方巨石砸伤。民工们衣服单薄,换洗衣服带得又不够,被雨淋湿后,衣服只能烤干再穿。行李也都被淋湿了,越背越重。基于此,民工们不愿继续前进了。

然而,这时正是杜鹃、重楼、天南星、十萼花、领春木等植物开花的时候,花朵是植物创造新生命的神器,对于标本鉴定至关重要。时间不等人,过了这个季节又得等到明年。前人的考察工作不就是因此才留下了空白吗?

李恒心中虽然早有决断,但她还是在7日与大家商量了一下。然而,结果并不如意。李恒只好拿出强硬的态度,让大家8日继续冒雨行进。

考察队在当天天黑的时候才走到孔当。休息时,大家围着火塘烤衣服,每个人都又冷又饿。杨建昆被蚂蟥叮咬,内衣被血染红了。

考察工作实在辛苦。村干部们也出来劝阻,说前方路上常有巨石伤人。李恒却不为所动,横下一条心坚持前进,只是要潘福根采取更为妥当的安全措施。她将乡政府仅有的两匹马借来,让背运行李和物资的民工先行。

她让独龙族小伙阿朋与考察队同行,沿途继续采集标本。第四天傍晚,他们终于走到了迪政当,一行人都累瘫了。当看到先到的队员和民工已经煮好了饭时,她欣慰地笑了,身体的疲倦一扫而空。

他们这次请到的民工中有一位电工,这给他们带来了极大的便利。因为他熟悉电线杆攀爬,很多难以到达的地方,都是靠他才采到了标本。这也成为阻碍重重的考察进程中可以慰藉他们的一件事。

冒雨考察这个区域,李恒认为很有必要:"这一段正是温带和亚热带森林的分界线——向北,地带植被为针叶林、乔松林,从河谷分布到树线;向南,是亚热带常绿阔叶林。乔松林为喜马拉雅山脉所特有,在我国仅见于藏东南和独龙江上游。在迪政当,老天赐给我们两个晴天和两个阴转小雨的天。我们又从迪政当分兵两路过吊桥,滑溜索到了克劳洛河上游南代村和麻必洛河中游、恰巴北营。现在我们对独龙江植物区系的南北差异有了一定的认识。"

绿翡翠般的独龙江由北向南,纵驰整个独龙江乡,最后流入缅甸。李恒以巴坡为大本营,率领考察队北上、南下几个来回,对独龙江地区的植物区系有了大体上的认识:"独龙江地区气候冬暖夏凉,降水丰富而无春旱现象,一年四季适于多种植物的生长发育。又因山高谷深,气候梯度变化明显,中下游垂直带谱完整,从下而上可以分出中亚热带(1500米)、北亚热带(1500—2000米)、暖温带(2000—2700米)、中温带(2700—3000米)、寒温带(3000—4000米)。这里发育了极为多样的植物群落,蕴藏着十分丰富的植物资源。"

8个月的考察生活,使李恒成天沉浸在喜悦中,这片神奇的植物世界给了她太多惊喜。她在欣赏冬季雪野、河谷百花齐放时,真正意识到独龙江是我国重要的花卉资源宝库。这里的植物世界丰富多彩,新种、变种不断地被发现。同时,面对独龙江同胞的生活现状,李恒时常在想如何将这些资源转化为财富,使独龙江地区的经济得到发展。

历史上英、法等国的采集者、传教士、探险家曾多次来到云南,猎取花卉植物。他们将采集到的物种引种回国并获得成功,轰动了世界园艺学界,改变了欧洲城市土著植物贫乏的状况。自21世纪以来,英国邱园、爱丁堡皇家植物园一直是世界闻名的植物园,园中有许多从云南引进的物种,如杜鹃、报春、龙胆等。每当花朵盛开,就会吸引世界各国的游客。这不仅为当地带来了

群山葱翠的夏季(杜小红 摄)

可观的收入,而且提高了知名度。

有花植物历来是庭院的主角和园艺界的热门话题,而独龙江不论哪个季节,各类花轮换更替,花期不断,为世界园林提供了新的可能。

李恒整理后,将独龙江的花尽数收录进了《独龙江和独龙族综合研究》中。在这里摘录一些,以满足读者的求知欲:

贡山厚朴。落叶大乔木,1月至3月在海拔2000米至2800米的积雪地带开大白花。10月至来年11月采种。花芽作辛夷收购,树皮可代厚朴,药材部门收购。

贡山木姜子。常绿乔木,11月至来年1月在海拔1300米至1800米的河谷开淡黄色花,花小而繁、香,可作插花。

藏东瑞香。常绿灌木,12月至来年2月在海拔1300米至1800米的林下开外红内白小花,花束生成球形,极香,插瓶长期开花,香气经久不散。也可作盆景。6月至7月采种。

毛管花。常绿小灌木,2月在海拔1300米至1400米的河谷林下开花,花洁白,极香。适于家庭栽培。7月至8月采种。

贡山海桐。常绿小乔木,生长在海拔1300米至3100米的江边阔叶林、山坡林缘、灌丛中。在河谷的3月开花,花白而香。美化庭院颇佳。11月至12月采种。

红果水东哥。常绿乔木,3月在海拔1200米至1500米的河谷中开粉红色花,花生无叶老枝上。可作奇花异木栽培。8月至9月采种。

水东哥。常绿乔木,6月至11月在海拔1300米至1800米的河谷、林缘开粉红色花,花序大,花期长,果可食。10月至11月采种。

水东哥(施晓春 摄)

马蹄荷。常绿大乔木,11月至12月在海拔1200米至1700米的河谷林中开花,因其叶芽大,做合掌状,别有情趣。6月至7月采种。

小花大参。附生常绿披散灌木,生长在海拔1300米至1700米的河谷林内。2月至3月开红花,圆锥花序。独龙江河谷特有植物。

粗毛柏那参。常绿灌木或小乔木,12月至来年2月在海拔1300米至2600米的林缘开乳黄色的花,顶生,大圆锥花序,数个簇生。叶如荷,甚美。10月采种。

地檀香。常绿灌木,生长在海拔1800米至2300米的灌丛中。在独龙江3月开始开花,比外地早1至2个月。花白色,多而密,排成腋生总状花序。枝、叶有香气,可提取芳香油。12月至来年1月采种。

芳香白珠。常绿灌木或乔木,生于海拔1300米至3050米的河岸常绿阔叶林、松林、灌丛中。3月至4月开白花,花多数排成腋生的总状花序,花偏于一侧。叶、枝极香,可提取芳香油。叶干后香味长期保存。冬季插枝于室内,香若芝兰。可作干花材料开发。12月至来年1月采种。

瘤枝杜鹃。附生常绿灌木,1月至3月在1400米的河谷林内开花。稀有植物,原记载产于西藏东南部和缅甸北部,我国仅有记录而无标本(《西藏植物志》说标本未见)。云南新记录。

纯黄杜鹃。常绿小灌木,3月至4月开鲜黄色的宽钟状黄花,花中等大,长3厘米至4厘米。生长在海拔1800米至2300米的山坡林下、灌丛中。海拔2000米以下的3月开花,海拔2000米以上的花期推迟。世人喜爱杜鹃,以黄色杜鹃尤甚。纯黄杜鹃有极高的观赏价值和科研价值,值得引种开发。

附生杜鹃。常绿附生覆木,生长在海拔1350米至2100米的常绿阔叶林中的树干上,3月至4月盛开,花白色带粉,花大,形如宽钟,3朵至5朵成束,悬挂于苍劲的大树或悬崖陡壁上,潇洒高雅。剪枝插瓶,经久不凋。附生杜鹃又是独龙江两岸的独有植物,具有较高的开发价值。10月至11月可采种。

杂色杜鹃。常绿灌木或小乔木,生长在海拔1880米的河谷杂木林中。3月至4月开花,花较大,白色、黄色、粉红色或深蔷薇色,微香。6朵至12朵成束。云南、四川、西藏东南部都有分布,但至今尚未引入我国的园庭。9月至10月可采种。

泡叶杜鹃。常绿灌木,通常附生。生长在海拔2900米至3300米的混交林或针叶林内,3月至4月在冰雪消融时节开花。花红色,1朵至3朵成束。生命力极强,带花蕾的枝条剪切插瓶,在长达一个月的时期内,可以正常发育,直至开花。10月至11月可采种。

紫背杜鹃。垫状常绿小灌木。半年以上埋伏于海拔3300米至4100米的深厚积雪中,4月至6月化雪时在雪地开花。花单朵生枝顶,深红色,中等大,远大于叶,钟状,鲜艳可爱。是我国特有的雪地观赏植物。9月至10月采种。

翘首杜鹃。常绿乔木,生长在海拔1560米至2500米的常绿阔叶林内。为我国云南西部特有种。2月至3月开花,花大,蔷薇色,20朵至30朵密集成球状。春节剪枝插瓶,雅美兼备。11月至12月采种。

凸尖杜鹃。常绿乔木,生长在海拔1880米至2400米的杂木林中。3月至4月开花,花大,乳白色至淡黄色,15朵至20朵集成伞形花序。剪枝插瓶,经久不败。11月至12月采种。

长蒴杜鹃。常绿乔木,生长在海拔1500米至2300米的常绿阔叶林中。2月至4月开花,花大,红色,3朵至5朵生枝顶。在独龙江的初春季节,开遍河谷和山野。独龙人劳动之余,常带花束归来,插入室内酒瓶中,成为农家一乐。10月至11月可采种。

薄皮杜鹃。常绿灌木,生长在海拔1250米至1600米的江边阔叶林中。11月开花,花大,白色,芳香,宽漏斗状,4朵至5朵集成伞形。独龙江河谷特有植物。7月至8月采种。

鲜黄杜鹃。常绿灌木,生长在海拔1380米至2700米的林缘或灌丛中。3月至4月开花,花鲜黄色,3朵至5朵顶生。1月至2月采种。

独龙树萝卜。附生常绿灌木,生长在海拔2300米至2650米的山坡杂木林树上。8月至11月秋季开花,有多数鹅蛋大小的块茎。花冠筒状,白色,长17毫米;1朵至3朵生叶腋,叶近圆形,细小,长5毫米至7毫米,比花小得多。树萝卜属为东喜马拉雅至中南半岛的特有属,约含80种,因其叶常绿,常生有肥大的木质萝卜状块茎及花秀丽别致而著称,园艺家喜用其塑造盆景。本种为独龙江所特有的袖珍盆景植物。可于3月至4月采种,四季可以挖苗。

贡山树萝卜。常绿附生小灌木,有大小不等的椭圆形木质块茎,从老树枝干上悬垂。生长在海拔2100米至2500米的山坡朗叶林的树干上。叶小而密,厚革质。2月至3月开花,花和花萼红色,花冠筒状,长约1厘米,3朵至4朵簇生叶腋。果熟期不详,四季可以取苗。为独龙江东岸,即高黎贡山西坡所特有。(这次发现的新种待发表。)

中型树萝卜。常绿附生灌木,有成串的肥大块茎,贴生于树干的苔藓层中或悬垂于空中。生长在海拔2100米至2650米的山地常绿阔叶林中的树丫上。11月至来年4月开花,花红色、洋红色;花萼钟形,外具5条棱翅。花冠圆筒形,长2.7厘米至3.4厘米。花常1朵至3朵簇生叶腋或无叶枝上的山地常绿阔叶林中的树丫上。也有生在肥大的阳形块茎上的,是为树萝卜属中之奇观。果时花萼宿存并膨大,疑为"花",别有情趣。9月至10月采种。可四季挖苗。

茂当树萝卜。新种。常绿附生灌木,生长于海拔1300米的河岸林中,附生于米饭花树的枝干上。1月至4月开花,花淡红色,具深红色的人字纹,长3厘米至3.5厘米,7朵至8朵成簇,遍布于叶腋及枝干上,密集,下垂似镰,十分华丽。果熟期不详。四季可挖苗。本种系独龙江特有植物。

长圆叶树萝卜。常绿附生灌木,生长于海拔1300米至2600米的河岸或山坡常绿阔叶林的树枝、树干上。10月至来年5月开花。花朱红色,筒状，长1.9厘米至2.2厘米，裂片淡绿色，花萼、花冠外面都散生有长毛,2朵至3朵花集成伞形,簇生。本种花期长达8个月之久,花枝秀丽高雅,在园艺上值得重视。果期不详。四季可以挖苗。

杯梗树萝卜。常绿附生灌木,生长在海拔1200米至1800米的河岸或山坡常绿阔叶林中的树枝、树干上。11月至来年5月开花。花粉红色,3朵至4朵集成伞房花序,因总花梗和花梗都较长而成束下垂,鲜艳而潇洒。独龙人甚爱之。这是独龙江流域特有的附生植物。果未见,引种可以四季取苗。

毛花树萝卜。常绿附生灌木,生长在1200米至1600米河谷的常绿阔叶林中的老树上。11月至来年2月开花。花深红色,筒状,长2.8厘米至3厘米,2朵至3朵簇生于老枝上,各部有疏毛。果未见,全年可挖苗繁殖。

红梗越橘。常绿灌木。常附生,生长于海拔1280米至1400米的河谷常绿阔叶林中。2月至4月开花。花淡红色或白色,20多朵排成总状花序,并偏向一侧,花序3枝至5枝自假轮生的叶腋中抽出,在越橘属中颇为奇特。7月至8月采种,也可全年挖苗。

独龙越橘。常绿灌木,生长于海拔1300米的河岸林中,花11月至12月开放,小,绿白色。

软骨边越橘。常绿灌木,生长于海拔1300米至2500米的常绿阔叶林、松林或灌丛中。10月至11月开花。花淡红色,排成腋生的总状花序。2月至3月采种,浆果黑紫色,被白粉,味酸,可食。独龙人称作"凯",榨汁代石膏点豆腐。

当归藤。又名"小花酸藤子",常见于海拔1280米至1800米的河岸林缘。11月至12月开花,花小,白色,2朵至4朵排成腋生小聚伞花序,下弯藏于叶后,颇奇。根和茎入药可治不孕症、腰酸腿痛等。9月至10月采种。

毛脉杜茎山。常绿灌木,生长于海拔1250米至1800米的林缘、灌丛中。3月至4月开花,花小,白色。排成腋生圆锥花序。11月至12月采种。

隐纹杜茎山。常绿灌木,生长于海拔1250米至1350米的河岸疏林中。1月至3月开花。花白色,排成腋生及顶生的圆锥花序,花多而繁,华丽。12月采种。

针齿铁子。常绿灌木和小乔木,在海拔1120米至2500米的常绿阔叶林或灌丛中极为普遍。2月至4月开花。花小,簇生于茎枝叶腋。四季挂果,果球形,红色、蓝色、紫色,很稠密。12月至来年5月均可采种。

鸡冠滇丁香。常绿灌木或小乔木,生长在海拔1300米至2000米的疏林或灌丛中,11月至12月开花。花粉红色,清香,高脚碟状,长5厘米至6厘米,多数集成顶生的聚伞状伞房花序。由于花枝繁多,分布普遍,独龙江之冬被它装点得富丽堂皇。7月至8月可采种。

李恒是个朴素的人,不爱过分打扮。但她爱花,特别爱冬花,她常用"极香……香气经久不散""美化庭院颇佳""花序大,花期长,果可食""其叶芽大,做合掌状,别有情趣""开白花……叶、枝极香,可提取芳香油。叶干后香味长期保存。冬季插枝于室内,香若芝兰。可作干花材料开发""世人喜爱杜鹃,以黄色杜鹃尤甚""花白色带粉,花大,形如宽钟,3朵至5朵成束,悬挂于苍劲的大树或悬崖陡壁上,潇洒高雅。剪枝插瓶,经久不凋""花大,红色……开遍河谷和山野。独龙人劳动之余,常带花束归来,插入室内酒瓶中,成为农家一乐""花朱红色,筒状……裂片淡绿色……花期长达8个月"这样的表述来表达对这些花的喜爱。

她尤其爱其中的紫背杜鹃。这是一种垫状常绿小灌木,是我国特有的雪地观赏植物。它有半年以上时间都埋在海拔 3300 米至 4100 米的深厚积雪中，4 月至 6 月化雪时在雪地开花，呈深红色。

李恒在描述这些花时常用的那些凝练的词句，洋溢着她的审美价值取向，同时也彰显了她的性情。这使人想到辛弃疾的《临江仙·探梅》："老去惜花心已懒，爱梅犹绕江村。一枝先破玉溪春。更无花态度，全有雪精神。剩向空山餐秀色，为渠著句清新。竹根流水带溪云。醉中浑不记，归路月黄昏。"好一个"雪精神"啊！

她爱花，爱在春天绽放的鲜花，更爱在悬崖百丈冰时怒放的冬花。冬花所蕴含的"雪精神"也正是她的性情和品格的真实写照。

多彩的独龙江　戴帽叶猴

我和李老师于 2006 年 10 月第三次进独龙江。

晚霞倒映在翠绿的独龙江上，显得色彩迷离。就在这样的黄昏时分，我们到了现在的乡政府所在地孔当。比起李恒当年扎营的巴坡，现在的镇子颇有规模，学校、医院、旅馆等都已具备。边防派出所的李教导员热情地邀请我们住到他们的招待所，这样他可以给我们做向导。

第二天我们就出发去了巴坡。到了巴坡，我第一个就想到了李恒当年的大本营。李教导员去村里问了半天，回来后指着几间木屋对我们介绍说："大概就是那里，离原来的乡政府很近。乡政府迁到孔当已有数年，这里也就人去屋空了。"正巧，有人来招呼李教导员，他便领着大家去往下一站——巴坡烈士墓。

烈士墓在山坡向阳处，青松翠竹环绕。这里长眠着守卫边疆的八位英灵，纪念碑屹立。我们奉上了采来的鲜花，李教导员上去摆放了供品，大家肃穆行礼。李教导员说，他们都是在建设、守卫边疆中英勇牺牲的。这里交通闭塞，生活艰苦。祖国和人民永远怀念他们。当年有位战士得了疾病，甚至惊动了周恩来总理。凡是他们营的战士路过这里，都要来祭奠一番，缅怀英烈，接受爱国主义教育。这是留下的传统。

公园旁的山坡上野果繁多，紫的、红的、黄的、青绿的，一串串挂在枝条上。有一串长得特别像芭蕉，正由青变黄。看看叶子，显然不是芭蕉叶。小何向我解释："这是野香蕉，熟透时是红紫色的，味道香甜。它还是味中药，学名'预知子'。"

长蕊木兰是国家保护植物，平常难得一见，我们在游览的途中却看到了好几棵，均有20多米高，胸径多在1米。我是第一次见到它裂开的果实，里面露出橙黄色的籽，很美。

当晚，村主任请我们喝茶，但久久不见茶水。待到端上来，却是一大面盆，酒香扑鼻。小何、小郑乐得大叫："夏拉！夏拉！"

我有些莫名。李老师提示："狂欢酒。"我猛然醒悟，这是我们2002年第一次穿越怒江大峡谷时，只闻其名而未尝到的"特殊饮料"。连李教导员也忙不迭地从盆里取酒。

我细细检视，不错，酒中的鸡丁确是经过油炸的，还有一些我不认识的果、植物的叶子，竟然还有马蜂的蛹。但它为何这样香溢满屋呢？小何说："鸡丁是用漆树油炸的。"不是有很多人对漆树和生漆过敏吗？难道就是它能令饮者极度兴奋？我不敢大意，只是小口品尝，有股说不出的浓香，还未喝，那香味已直往额头蹿，待到入口，就有一股热烈的气息穿肠，浑身燥热。

门口不断拥来乡亲，连招呼都不打，立即取酒畅饮。酒香居然溢到村寨，或是独龙族的淳朴——"有酒大家饮"……

不久，姑娘、小伙子们唱起来了，跳起来了！连白发老人也加入跳之舞之的行列，一直狂欢至深夜。这是个快乐的民族。

天亮后，小郑指着地上的蹄印说："昨晚酒香把独龙牛也从山上引下来了。"

这天天亮后,我们向最南端的马库出发。这条公路是为了迎接建县50周年修建的,才通车不久。沿路的植被是典型的亚热带湿性阔叶林。小郑说,独龙江不仅有亚热带的植物,还有热带的董棕。这可勾起了我的兴趣。

刚到四号桥,我们就碰到群牛拦路。它们见车来了毫无惧色,也不让路,只顾悠闲地反刍,像是在等着我们上前理论。

这是独龙江的特有物种——独龙牛,有八九头之多,四五十厘米长的腿杆和蹄子呈雪白色,如穿了银靴,难怪当地人叫它"白袜子"。

一只白面孔的小牛正在吮吸妈妈的乳汁,偶尔抬起头来,扫我们一眼就又去吃奶了,娇憨之态令人心动。

随行的小郑说,它们是人工饲养的。因为独龙牛经济价值高,相关养殖业在当地新兴起来。前几年当地引进黄牛与独龙牛杂交,出现品种不纯的问题后,马上又采取措施保护纯种独龙牛。后来有一天,我们真的看到了纯种独龙牛——它体格健壮,前胛高耸,黑褐色的毛油光闪亮,四蹄雪白,没有一撮杂毛,非常擅长爬山,在嶙峋的山崖上也能健步如飞。

独龙族同胞平时将牛赶到山上野放,从不喂饲料,只是偶尔撒些盐,满足它们对矿物质的需求就行了。待到剽牛节或其他重要的节日时,再用盐包将它们引下山。

车渐渐爬高,两岸高差有千米。过了陡窄的峡谷,我们看见山坡上显出零散的村落。这里的房屋多是用石棉瓦或铁皮盖顶,是乡政府为改善居住条件、保护生态环境而无偿为居民提供的。

山岩上盛开着紫色的小花,枝条上挂满了红艳欲滴的圆圆的小果,像一串串红玛瑙。小郑说这可能是大花蔓龙胆。

路上我们又见到了三尖杉。它的树冠不大,却高20多米,树皮紫色,光滑,外层如鳞蜕,据说可从中提取抗癌成分。

车继续前行。刚拐过一个山弯,我们就看见岸上银瀑悬挂,其右正立着一棵高大的董棕。这真是太令人惊喜了。它形如碧玉花瓶，繁茂葱葱，正由白玉般的巨崖托举着，树形美观，叶片排列齐整，平伸的羽状叶颇具风韵。

大家不顾山路陡峭，奋力往上爬去。然而，一道难以逾越的山涧让我们只能隔涧远眺了。

李老师说："我们那年在西双版纳见过的，记起来了吧？"

怎么会忘？那时，我们看到一头野象轻轻一碰就将一株董棕轰然推倒，随后几头大象蜂拥而上，用脚去踩树干，树干碎裂，声音像放鞭炮。做完这些后，它们开始大快朵颐。当时向导问我们吃过西米莲子汤没，他说西米就是用董棕的淀粉做的，董棕的淀粉也是大象的最爱。大象可聪明了，总是等到了它产出淀粉最多的年份才来吃。其实董棕全身都是宝，木材外坚内柔，耐潮防腐，其叶可做芭蕉扇，花果还是一味中药，能治金疮、癣疥。

董棕(李珍英 摄)

董棕为棕榈科的热带植物，但在独龙江并不罕见，因为横断山脉地区独特的自然环境使这里的气候有着另样的特点。董棕由于树形优美，还是南方著名的行道树。看到了董棕，我对李恒关于独龙江植物区系的论述有了深层次的认识。她说过，印度板块与欧亚板块碰撞，高黎贡山从古热带大陆带来的植物不仅有董棕，还有贡山波罗蜜等。

我和李老师心满意足地下山了。村委会在一个小山坡上，后院遍地是独

童趣（李珍英　摄）

龙天胡荽，开着白色的小花，据说这也是独龙江的特有植物。主人是位独龙族的小伙子，他跟我们介绍了这里野生动物的生存状况。他说，现在独龙族人都知道保护环境，山里可以见到扭角羚、野羊、山驴子、熊等。

马库小学的操场上飘扬着鲜艳的五星红旗。学校只有四间房：一间教师办公室，三间教室。我们抢在最后一节课下课前5分钟赶到教室外。老师在写板书，孩子们正专注地抄写习题。

下课后，孩子们很有礼貌地和我们打招呼，说笑间就背着书包回家了。老师说，学校只有三个年级，一年级有十个学生，二年级有六个学生，三年级有七个学生；另外还有个学前班，有七个学生，里面多是二、三年级学生的弟弟、妹妹。

一位姓杨的女老师告诉我们，孩子们学习很用功，有的孩子虽然家离学校很远，但很少迟到。他们的家庭虽多不富裕，但家风淳朴。老师给我们讲了个小故事。有次她去家访,家长硬留下她吃饭。她知道若是拒绝,人家会认为你看不起他们。后来她才知道,主人把家里仅有的一只母鸡杀了。在那里,鸡蛋是要留着换油盐的。虽然她当时悄悄放了钱在桌子上,但还是吓得再也不敢去家访了。

杨老师说,这里条件很艰苦,但看着孩子们每天欢天喜地地来上学,她也就舍不得走了。

回程的路上,李教导员告诉我们,学校原本是边防派出所帮助建立起来的,直到现在还会派战士来上课。李老师立即询问他,若是给每个孩子都买套衣服和鞋子需要多少钱。眼下已是深秋,孩子们穿得单薄,有的还穿着塑料凉鞋,她感到心疼。回到住处,她就把钱拿给了李教导员,还特意嘱咐剩余的钱再给孩子们买些学习用品。

几十年的探险经历使我的生物钟很准确。第二天4点半,我刚醒来便发现李老师已经在洗漱了。我故意问:"干什么?现在就起来?"

"你干什么,我就干什么!"

我笑了:"这不正要喊你吗?我怕说早了,你一夜睡不好。"

"还想偷偷一个人跑出去哩!昨天你找小叶把路问得那么清楚,还想瞒我?"她得意地说。

"瞒谁也不能瞒你呀!我是怕他们也跟着去,人多了容易出岔子。咱们抓紧点,把袖口、裤脚扎紧,把防护蚂蟥、马鹿虱子的工作做好。"我只好这样遮掩。

在多年的野外行走中,我们常常甩掉向导,因为向导总是按照程式化的路线走,而我们想体验探险的快乐,看一些不一样的风景。我们这两个老顽童已经不止一次这样做了。

在独龙江,千金难买大晴天。我们真幸运,这几天秋高气爽。出了招待所,夜空中的繁星美得令我们移不开眼睛。蜿蜒游动的独龙江与两侧参差巍峨的山峦将幽深的天空倒映成了流动的星河。

刚跨上藤桥,李老师就抓住了我的手臂。江上水汽浮动,如云似带,让人有踏云踩雾的失重感。昆虫鸣叫,萤火虫闪烁。

进入森林之前,我给了她一根竹竿。虽是深秋,蛇却没有冬眠,蚂蟥、马鹿虱子也六亲不认。前天晚上,遇见云南大学的研究生小王,小姑娘是独自一人来做社会调查的。她说在钦郎当山里行路时,手杖上爬满了蚂蟥,敲震干净了,不一会儿又爬满了,后来麻木了,随它们爬吧!爬满蚂蟥的牛仔裤,像是装满了拉链。至于蚊子,成群结队,肆无忌惮,什么防蚊剂、宝宝金水、驱蚊液……通通无效。小姑娘很勇敢,但在说到这些毒虫时,仍然心有余悸。还好,小叶说得对,这条小路石头多,杂草少,不难走,但我还是用手电筒照路,敲着竹竿"打草惊蛇",给自己壮胆。走得身上沁汗了,估计应该到小叶说的戴帽叶猴栖息的那片森林了。

我们不敢贸然闯入,于是找了一方崖壁作为隐身处。这里妙在有一条石缝,刚好容得下我俩。来之前我问过小叶,她也不清楚戴帽叶猴是住在溶洞里还是树上。我分析了马库村主任的指引和小叶的介绍,又看这片林子是在山坡上,于是推测戴帽叶猴是在树上过夜。即便它们是在溶洞中过夜,天亮了不是还要出洞上树吗?

我们要耐心等待天亮,那时戴帽叶猴刚刚从沉睡中醒来,是最容易观察的。

凌晨凉气大,汗湿的内衣贴在身上,冰凉。虽然我们有防蚊子、蚂蟥等的经验,但它们还是直往脸上扑。等待容易让人烦躁。好在是俩人,又好在不断去猜测是哪种昆虫在鸣叫……高空变色了,星星正渐渐淡去。黎明来临,但峡谷中依然灰暗……

我隐隐听到树上有动静,好几棵树的树冠上都是影影绰绰的。这是怎么回事?戴帽叶猴应该和黑叶猴、白头叶猴一样,由一只健壮的雄猴、几只雌猴及它们的子女构成一个家族。一个家族夜宿时,应该聚在一个地方吧?难道这里有几个家族?那可真是太有意思了!

朝霞映照着山峦,森林稠密。正在我瞅得眼疼时,李老师伸手指着2点钟方向,低声说:"过山龙大叶子缠着的是什么?"她惊喜得声调都变了。

我顺着她手指的方向看去,只见一道微弱的虹影闪过。看那银灰色的绒毛、闪着虹光的眼,绝对是戴帽叶猴!而且这几棵树上都有。难道它们是分散过夜的?

戴帽叶猴(李珍英 摄)

正当我想看个究竟时,森林里忽然响起炸雷般的声音。原来是独龙牛高亢雄浑的哞哞声,还有它们排山倒海的奔跑声。是谁惊动了这些独龙牛?

猴群炸锅了,树冠中群影乱飞,银灰色的身躯如流星疾驰,碰得枝叶飒飒作响。等恢复平静,李老师突然问:"你有没有看到母猴抱着的金黄的小猴?"

"确有金光闪眼,没看清。"我有些沮丧。

"我记得黑叶猴、白头叶猴的小崽都是金黄色的,你还说过黑妈妈生了个金娃娃。"

"错不了,它们都是妈妈带着孩子睡觉。你看得很清楚。"

我原本还想去它们夜宿的树下或溶洞里看看,李老师却要我听山。是的,有人在呼喊,肯定是找我们的。

赶着走了一段路,拐了个弯,就见到了正在寻找我们的小叶。相比于大家的焦急,我俩只是傻笑,高兴得无法形容。我们终于完成了心愿,探险是快乐的。

那天,我仔细地打量着山坡上的一片片树林,看到树干直直地往上蹿,树叶阔大、碧绿,还奇在片片之间互不相连。

小郑说:"那是桤木林。桤木是落叶乔木,又叫'水冬瓜''旱冬瓜'。可见其泼皮,生命力旺盛。李恒教授特别推广这种树。猜到你的心思了,我来当回二道贩子,把李教授教的再说一次。

"独龙族、怒族、白族、佤族、景颇族……的同胞都喜欢这种树,为什么?因为它全身都是宝,特别之处在于它还是非豆科固氮植物。他们先选好种庄稼的地块,到山上移来野生的桤木苗栽上。头几年,在林间套种庄稼。喏,你见到那些收过玉米留下的秸秆了吧?它是速生树种。四五年之后就把树砍了,种上庄稼,收成好,因为有桤木根部留下的固氮菌,等于给施了肥!这源于他们刀耕火种实行轮种时对森林的认识、对自然的认识。至于说它全身都是宝,还是让独龙族的小金说吧。"

小金说:"它的枝条萌发力强。南边的傣族人用铁刀木做薪炭。但桤木的萌发力也强,种在寨子前后,砍了树枝当柴烧,不几天新枝又长出了。树干粗壮,但都不高,保护了森林。我们不仅用它做薪炭,还用它的树叶喂羊、喂猪,还做绿肥;平时有了小病,还拿它当药用,可以治痢疾、水肿、肺炎、毒疮。它是速生树种,七八年就成材,材质好,能卖上价钱……"

真是大开眼界!难怪李恒在《高黎贡山植物》中,专有《高黎贡山民族植物学引论》一章!

李恒倡导的保护独龙江生态,影响最明显的大约是普卡娃村了——保留原生态的面貌。坐落在大江支流的普卡娃河边的山坡上,林木葱郁。寨子不大,只有十多户。有的两三家连片,有的独立。房屋多是吊脚楼,木板做墙,茅草盖顶。菜地中青菜碧绿,黄瓜、南瓜在藤蔓上硕大、清新,山花烂漫,一派洋溢着阔叶林文化色彩的田园风光。李恒曾在这里教乡亲种菜。

我们沿着沙坡路向上边走边看景色。门前走廊上,戴着头帕、系着围裙的女主人正在磨玉米。她先用杵将石臼中的玉米粒捣碎,然后放到架子上的石磨上磨。石臼和石磨都较小,做工也较粗糙。玉米被石磨碾碎后,会落到木制的盛器中,再用簸箕掂转,便有了粉状物。她热情地邀我们进屋。门不高,只有1米多,难为了我这个大个子。屋里大约有30平方米,中间火塘的鼎锅中玉米糊正嘟嘟地响着,桌上是简单的厨具。男主人正席地而坐看电视。看到我们来了,男主人起身为我们倒茶。住房在侧面,他们还有三个孩子,已在屋后另外盖了房子。

我们在村外并未看到电线杆,电是从哪里来的呢?小郑示意我们往屋外看,那里有山溪流下,水中有小型水轮机。他说,为了让村民过上现代化生活,政府给每家都发放了电视机,每家都用上了水力发电。

我们拉了一些家常话,夫妇俩说托政府的福,现在的日子比过去好多了。只要勤劳,日子就会越来越好。坐了一会儿,我们留下一些小礼品就离开了。

刚出门就听到了织布声,原来有大娘临窗在木机上织布,梭子来回奔走,发出击打声,使这里充满了田园牧歌的诗意,也把我们带回到小时候。

从经线看,织的布不宽,约40厘米,是蓝、红、黄间隔的彩条布,有一种与大自然相融的风韵。现在年轻人大多不愿用这样的土布做服装了,但上了岁数的人还是习惯用这种布,难得做这种服饰的手艺还能传承到现在。

一树紫花开在寨子南头,大家都未认出那是什么树。我们正向那边走去,迎面来了一位穿彩条布衣衫的老奶奶。小何说:"这是文面奶奶。"

我们仔细一看,她白皙的脸上果然刺有黑色的花纹。在云南众多少数民族中,只有独龙族妇女还保留着这种风俗。对这种风俗成因的解释也不尽相同,一说是部族图腾的演化,一说是为了美,甚至还有的说是为了避免被外族抢掠……

我悄悄提醒大家不要盯着她的脸,可大家还是忍不住去看。老人很坦然,微笑着回答大家的问候,还说:"看吧,没事。当初姐妹们都文脸,这是我们独龙族的风俗,现今只剩下我一个了,等到上天召我去了,再要看就得去博物馆了。"说完,她竟开怀大笑。我们都被老人的开朗和达观所打动。

她说,前天她的孙子进山捕鱼还未回来,她想去迎迎看。正说着话,两个背着鱼篓、行李和野炊锅的少年,从森林的小路中走出。我们急着去看他们的渔获。好家伙,鱼篓里装满了鱼。鱼不大,估摸着每条重二三两。鱼长有吸盘,显然它们生活在水流湍急的山溪中。

我问为什么没带渔网,他们说这里水太急,下不了网,捕鱼只能用钓,山里竹子多,钓竿很容易制作。

高个子的阿树和穿着蓝色衣裤的阿鹏告诉我们,他们前天早上去的"渔场"是一条被茂密的森林拥抱的从高山上流下的山溪,他们翻了两个山头才到。之后他们选了个河滩扎营,用砍掉的树枝、茅草搭了个简陋的山棚。正值秋天,蚊虫、蚂蟥都疯狂地吸取营养以便越冬。他们揪来了苦艾熏虫,并烧起篝火防备野兽。此时正值小白鱼洄游形成的鱼汛,白天它们只顾赶路,很少上钩,夜晚溯流而上耗费体力多,便忍不住鱼饵的诱惑了。

自然界会传播动植物的各种信息,因而得知鱼汛的并不只有阿树和阿鹏。阿树从水纹中看到鱼群来了,连忙去甩钓钩,谁知从森林上空骤然俯冲下一个身影,只见它挺出长嘴,从水面一掠,叼走了一条鱼。鱼群一下炸开。过了一会儿,阿树的钓钩再次落水,又一个黑影悄无声息地斜刺冲来。还没等人看清它的动作,鱼已经被叼走了。两人感到很奇怪。这不是蝙蝠吗?蝙蝠也吃鱼?若不是亲眼看见,他俩是怎么也不会相信的。

两人商量一番,决定一人钓鱼,另一人手持竹竿在空中晃动,防止"偷鱼贼"再来。

这时,对面的树丛中有了动静。枯枝的断裂声让阿鹏警觉,他用眼神示意阿树小心。

果然,一个傻大黑粗的家伙正迈着内八字的双腿向山溪走来。是一头黑熊!

黑熊可是个荤素不拒的家伙。前两年,阿鹏家养的一只山羊就被黑熊拖走了,吃得连骨头渣都不剩,只留下一张破碎的羊皮。

两人依仗着有篝火,又隔着溪水,虽然没选择逃跑,但心还是怦怦直跳。

黑熊当然看到了他们,也看到了熊熊的火苗。然而,它似乎并不害怕,走到岸边四下望望,随后立在临水处,注视着急速的流水。

阿树安慰阿鹏说:"别怕,冬天快到了,它来这儿是为了抓鱼,增加脂肪过冬,不是冲我们来的。你只管钓你的鱼,我把火烧得旺旺的。有危险就搬根燃烧的树棍,扎到林子里跟它打转转。"

阿树去撮火了,阿鹏还是有些忐忑地注视着黑熊。只见黑熊伸出又大又厚的熊掌闪电般地向溪中一捞,水花四溅,却只捞上来几粒小石子。一击不中,它继续出手,半天也未能捉上来一条小鱼。它烦躁起来,两脚一蹬就下到水里。

阿鹏立即收竿,准备撤退。阿树眼尖,一眼看到鱼群正朝这边游来,就提着钓竿上去,丢下一句话:"去拾掇火。"

黑熊迎着鱼群,两掌齐下,终于抓到一条,塞到嘴里后,继续抓鱼。

阿树也一连钓了几条鱼。

这时的场面很精彩:黑熊站在浅水滩处捉鱼,忙得不亦乐乎;两兄弟站在它对面,一个钓鱼,一个看火。黑熊失手时盯着阿树鱼钩上蹦跳的小白鱼,流着馋涎,却并不往这边走,大有一番"你忙你的,我忙我的"的架势。

这段描述听得我们哈哈大笑,纷纷称赞独龙江少年勇敢。他们生于森林,长于森林,懂得森林中的"人情世故"。

奶奶疼爱地摘去了粘在他们身上的枯树叶,边走边交代他们给哪家哪户送鱼。可见这里至今还保留着分享猎物的传统。

离开这个村子,我们从孔当溯江而上,一路向北。沿路的林相渐渐变了,针叶林逐渐增多,高大的铁杉、云杉、乔松在深秋显得苍劲,阔叶林被染成了多种色彩。小何说,这里与南边的巴坡只隔几十千米,植物的长势却好像差了一个季节。独龙江的植物世界真是太神奇了!

在龙元,趁午饭后光线较好,我和李老师去寨子后面给红豆杉王补拍照片。李恒在《高黎贡山植物》中一再赞美红豆杉资源丰富。这个群落有四五棵,胸径都是1米以上,作为古树名木,需要精心保护。称王的有30多米高,胸径近2米,独自兀立在山崖上,其寿至少有五六百年。正在变色的树叶,碧绿中泛着淡金,尤显出特有的风采。李老师在多年野外探险中,只要见到可称为王的名木古树,总是想拍到满意的照片。她说它们是宇宙塑造的鲜活的雕塑,是人类唯一能看到的生于几百年、几千年前,至今依然鲜活的生命。她准备将来为树王们出个专辑。

正行在寨子中,忽然看到菜地边的一只雄鸡和一只母鸡正在挪右腾地蹦跳。公鸡全身乌黑油亮,似闪着紫光,英武强悍,拍着翅膀发出短促的叫声;母鸡黑得俏丽——大约就是被称为"亚洲黑牡丹"的——却一声不吭,但两只的眼神盯着的是同一地方。我很奇怪,很少见到它们这种奇怪的行径。是跳桑巴舞?但它们并不对视。是打架?却并未相扑……

多年的野外考察经验使我让李老师驻足。大白天,野兽当然不会闯进寨子。其实再凶猛的野兽也有致命的弱点,再弱小的动物也有生存发展的本领。小动物有时更可怕。

我悄悄地接近,嘿!一条碧绿的竹叶青蛇,被两只鸡逼到了一个不大的、刚能容纳它盘起的身子的窝凼中。看来这两只鸡还是挺机灵的。鸡是蛇的美味,但这条五六十厘米长的竹叶青蛇没有这么大的喉咙,也不会轻易去惹鸡,有理由推测是鸡对蛇产生了"邪念"。蛇的游速并不慢,它们是利用怎样的战略战术,把蛇逼到这种窘困境地的?

我多次见过鹰、隼和蛇的空对地搏杀,却从未见过鸡和蛇作战。虽然鸡也是鸟,但它不善于飞翔。

"别靠得太近!"李老师已经跟上来了。双方正处于僵持状态。竹叶青是剧毒蛇,平时喜欢挂在竹枝上,常常利用保护色与竹枝混淆,对猎物发起凌空攻击。可它现在窝在那不利的境地。

竹叶青一心要突围,可刚将头伸到窝囱外,雄鸡就跳起拦头,发出尖厉的呼喊。母鸡同时从另一侧跳起,对蛇头伸出尖喙,竹叶青只好将身子缩回。

如此三番,攻守双方都很无奈。

战况顿时发生了变化:竹叶青开始反击了,只要鸡在它能够着的地方,它就电光石火般地射出,只要一口咬中,就能突出重围。然而两只鸡配合巧妙,总是能够跳开躲过。

是疲倦还是无奈?竹叶青仍盘起据守。

母鸡还能让它安逸?开始跳起攻击蛇身。蛇也扭头还击,母鸡退回。

雄鸡效仿母鸡,专攻蛇身。它的身形要灵巧得多,虽不是每击必中,但也有两次得手,疼得蛇浑身哆嗦。母鸡只在一旁看热闹。

蛇被激怒,怒火中烧。正当雄鸡挺出尖喙时,蛇却并不躲闪,而是迎头一击,吓得雄鸡丧魂失魄,差点栽下……

竹叶青终于突出重围,眼看着就要全身逃出圈闭它的窝囱。然而,它的颈项却被巨掌踩着,它刚甩起尾巴去袭击对手,头上已连连遭到尖喙的啄击,一记记如利剑直刺,蛇身扭曲挣扎……

神出鬼没的母鸡仍然用爪子踩着蛇项,咯咯地呼唤雄鸡共享美味,然而,雄鸡仍未把失魂找回……

修　炼

回程路上，我回想这趟经历，深深体会到了李恒当年在此考察的艰辛。我曾多次问过她考察的辛苦，她对此谈得很少，但经常跟我提到一种动物——老鼠。每次和她谈独龙江时，她总是要谈到和老鼠的纠葛。

李恒说，当年在独龙江，不管是工作还是睡觉，身边都要放根棍子，因为老鼠太多了，稍不留神，果实标本就会被偷吃，那可是大家辛辛苦苦冒着生命危险采来的。夜里，她经常检视标本到凌晨两三点钟，准备着独龙江植物名录的初稿，老鼠来了就得敲棍子，等赶跑了它们，又得重新理思路。最可气的是，时间一长，它们竟也不怕棍子了，敢在她身边跑来跑去，甚至吵嘴、打架。最令人感到沮丧的是，在冬天，别说新鲜蔬菜，就是野菜也难采到。粮食短缺时，就买南瓜吃。考察快要结束那天，他们买了三个大南瓜，预备吃四五天。头天刚吃了一块，第二天却发现剩下的都被老鼠偷吃了，余下的日子大家只好每天啃咸菜。

到了6月，考察队已采集到了7075号，总计3万多份的标本，共鉴定完标本12000多号。李恒从中发现了49个新种，其中尚待发表的种子植物新种有40多个。这次考察基本上摸清了独龙江的植物区系，填补了相关空白。1993年，李恒编著的《独龙江地区植物》出版。1996年，何大明与李恒主编的《独龙江和独龙族综合研究》出版。

1991年6月，李恒、潘福根、杨建昆忙着将3万多份标本装箱。6月15日，乡政府组织了一百多名民工，帮考察队背标本，队伍由杨建昆带领先行。乡亲们知道考察队要离开，纷纷来送行。

乡政府只有两匹马，平时都是野放，它们被临时从山上牵来给李恒、潘福根代步。李恒牵着马走在队伍最后，不时回头看看送行的人，眼中含着泪水。她舍不得这里的人和植物世界，8个月的考察早已使她爱上了这里。

天气炎热,还要一直爬坡,只有森林中阴凉些。但老天不时来一场雨,大家都被淋成了落汤鸡,幸而标本箱早做了防雨措施。受天气影响,队伍走走停停,傍晚才到达西哨房。西哨房狭小,根本住不下这么多人,他们只好住到石拱桥山坡上的崖洞中。

第二天,要翻雪山了,只得将马留下。好在贡山县政府派来接应的人已到达垭口。民工将物资背到东哨房就返回了。

第三天,队伍从东哨房到其期,大家照顾李恒,给了她一匹马骑。谁知下山时,马前蹄一滑,将李恒摔了下来。万幸前面有山岩挡着,这才使她没滚到山下。大家又急又慌,围着昏迷的李恒不知如何是好。想让她躺下休息,可陡峭的山坡上哪里能找到一块平地呢?

幸而李恒渐渐醒来。但她全身,特别是前胸疼痛难忍。为了不影响大家,她咬牙忍着,硬是没哼出一声,反而一直安慰他们说自己没事。

队员们要为她扎个担架,她拒绝了。醒了醒神后,她让人帮她再骑到马背上。但马背上的颠簸使她感到撕心裂肺地疼。潘福根紧张地问:"怎么样?还能受得住吗?"她回答:"还可以,你好好看路。"

这真是令人忍不住感叹她的坚强!她已是花甲之年,又刚刚经历了8个月艰辛的野外考察。她娇小的身躯里跳动着怎样一颗坚强、博大、仁爱的心啊!真是无愧于独龙族兄弟送给她的"独龙大侠"的称号!

到了第四天,考察队才从其期走到贡山县城。但李恒既没有选择回昆明,也没有去医院,而是抓紧时间向县政府相关部门汇报了他们的阶段性研究成果,并认为可以充分利用当地自然资源优势,带动群众致富和财政增收,同时提出务必保护生态环境。

她的报告听得大家心里热乎乎的,但谁也不知道她喜悦的面容下强忍着刺骨的伤痛。

直到回到昆明,李恒才去医院检查。X光片显示,她断了三根肋骨。医生不敢相信她竟能忍受这五六天的疼痛,不禁冒出一句:"真是个铁人!"

医生开了住院单,李恒却不同意住院,因为还有几千号标本等着鉴定。医生说:"这么疼,你受得了吗?"

她说:"不就是不能大声说话,上身不能弯吗?我挺得住,你开几张膏药给我就行了!"

医生无可奈何,只好照做。

李恒一头钻进标本室就忘了其他的。她挺直上身或坐或站,在显微镜下检视标本。这样的毅力使病魔也让她三分。过了段时间,三根肋骨竟渐渐愈合,她可以正常活动了。

然而,好景不长,她本想在年前赶完工作,好好陪陪老伴和孩子,弥补一年多来不能陪伴他们的亏欠,谁知腊月下旬,她突然发病了。当时她正在标本室苦读,突然感到喉痒难忍,就咳了几声,谁知却咳出了血。她虽镇静,却也知道大出血的严重后果,只得去医院检查。

医生的鉴定意见是:她在标本室待的时间太长,植物标本里的杀虫剂引起中毒,使血管破裂。这下她必须住院了。

难怪曾孝濂说她是"亡命徒"!

在李恒和她的团队夜以继日的努力下,这一次独龙江越冬考察的工作终于整理总结完毕。在随后开展的中国科学院对独龙江越冬植物考察评审答辩会上,李恒做了这样的阐述:

> 独龙江作为一个独特的自然综合体,其生物多样性的物种组成,一直被中外植物学家所向往。
>
> 这是第一次有了一本植物名录,包括169个独龙江流域特有种,71个独龙江和高黎贡山共有种,142个分布在独龙江的云南特有种,这些正是研究独龙江植物区系演化的核心。

34个模式产于独龙江的物种,通过越冬实地考察,有了补充记述花完整形态的资料,如贡山杜鹃、常春木、俅江蜡瓣花、疏花蜡瓣花等。

近90个独龙江特有的新种首次被发现,其中49个新种已发表,其他41种待发表。

这次考察展示了中国植物学家在独龙江区系研究中的作用和地位:独龙江的169个流域特有种中,只有微绒花小檗等10种是由外国人发表的,其他159种的定名者都是中国分类学家,我们自己发表的占94%。与其他地区不同,如苍山有特有植物62种,中国人发表的仅12种,占19.35%,80%的特有种都是外国人署名的。两者对比,国内植物学家对独龙江植物研究的贡献显而易见。

这次考察,首次揭示了独龙江地区植物区系的实质及其在东亚植物区系中的关键意义。独龙江植物区系是一个温带(亚热带)性质的区系,是在古南大陆热带亚洲植物区系基础上演化蜕变而成的东亚植物区系。独龙江是古南大陆和古北大陆区系的融合带,是物种多样化的一个中心舞台,是部分东亚特有科属的摇篮,也是东喜马拉雅植物区系的重要发源地。

通过考察,我们首次认识到郸-马板块的位移对独龙江植物区系所产生的生物效应。第一,原与滇南、滇东南相似结构的热带森林为亚热带常绿阔叶林所取代;第二,在云南通过的一条生态对角线维持独龙江植物区系与滇东南区系的亲缘关系;第三,独龙江不少物种的分布区被分割和间断。

同时,这也为独龙江植物区系的进一步深入研究开辟了道路。第一,云南林业厅正在申报国家级怒江自然保护区,独龙江和高黎贡山均属保护区的核心地段,批准后,这里的植被将得到更好的保护;第二,国内外出现了独龙江研究热,英国爱丁堡皇家植物园、邱园和日本冈山大学与我国签订了合作协议,今冬就开始现场考察,昆明植物研究所的青年学者都对独龙江和高黎贡山产生了极大兴趣,现在正做室内工作。研究独龙江的后来人将越来越多。没有独龙江的越冬考察,上述的成果在本世纪都没有可能。

她的阐述获得了热烈的掌声。"独龙江地区植物越冬考察和独龙江地区种子植物区系研究"荣获中国科学院自然科学奖一等奖。

1992年,她获得了竺可桢野外科学工作奖。

1992年,云南省人民政府授予李恒"特级劳动模范"称号。同年,中华全国总工会授予李恒全国五一劳动奖章。李恒把两万元奖金捐献给了独龙江小学。

科学是无止境的,李恒也总是追求完美。在这之后,她又对独龙江进行了两次重要考察,分别是1995年10月到11月和1996年6月到8月。至于深入独龙江的其他短期考察是很难计算的。

李恒对独龙江一往情深。看到通了公路,通了电,孩子们在新建的学校中上课,自然生态得到了保护,生产得到了发展,种植业兴起来了,她无比高兴,对当地遇到的发展问题总是悉心指导。她践行着科学就是生产力的理念。在2018年12月,我们还看到了90岁的她在独龙江跋涉的照片。

对她说来,独龙江一枝一叶总关情!

这就是中国植物学家的情怀!

第四章　重楼奶奶

给天南星重新排行、分类

一切创造都需要灵感,文学家如此,科学家也不例外。李恒从1973年就开始关注天南星科植物,孜孜不倦地在野外寻找它的踪迹,执着得像是要寻找夜空中的一个星系。

这是因为什么呢?或许是因为人们喜爱它美丽的花朵,索求它可口的块茎;或许是因为它是重要的植物资源,而利用植物资源造福人民是植物学家的责任。

如果只说天南星科植物,可能很多人会感到茫然,但如果提到花卉中的红掌、白掌、马蹄莲,蔬菜中的毛芋、芋头,中药中的半夏,很多人都会说我见过、吃过。这些就是天南星科的植物。

天南星科里还有一种奇怪的植物因被授予"世界上最臭的花"的头衔而闻名,它就是巨魔芋。它生长于印度尼西亚热带雨林,未长叶子先开花,具有世界上

天南星的花朵和果实(施晓春　摄)

最大的不分枝的佛焰苞花序,呈苍绿色。其高 3 米多,直径有 1.5 米以上。它以自己奇臭无比的气味吸引食腐昆虫来帮助授粉。待花凋谢后,才从地下的块根处长出一片叶子,叶子可长到 1.6 米多高,5 米多宽。

天南星科植物千奇百怪、丰富多彩,我们在欣赏美丽的花卉、品尝可口的食物、使用治病的中药的同时,也要感恩自然,多了解它们。

严格来说,天南星科是个拥有 115 属,3500 多种,起源于热带的植物大科。我国境内有 26 属,181 种,其中包括由李恒发现的 41 种。

天南星科植物是重要的经济植物,其中有很多富含淀粉,可做食物使用,有的是名贵中草药,还有的是观赏花卉。它们既可以满足人类的物质需要,也可以愉悦人类的精神世界。

仅以魔芋为例,其富含葡甘露聚糖,有利于降低胆固醇和血压;又因淀粉含量高,可制成高效黏合剂、澄清剂和乳化剂。目前,我国大规模种植魔芋的产业已基本形成,每年几百亿元的产值,促进了农业发展,增加了农民收入。我国的魔芋豆腐在东南亚各国广受欢迎,魔芋精粉畅销世界。

我国可能是世界上最早利用天南星科植物的国家,古籍中可以找到证据。公元 5 世纪,梁代的陶弘景《名医别录》记载,天南星味苦辛解毒,除痰下气,利胸膈,攻坚积,消肿痛,散血堕胎。生平泽,处处有之,叶似蒻叶,根如芋,二月八月采之。此外,唐代陈藏器的《本草拾遗》、宋代的《图经本草》等也都有记载。从中可见,古人对天南星科植物的记载偏重于药性研究。

但受时代科学发展制约,古代没有植物分类法,难免对同一种植物有不同的描述,这在古籍记载中比比皆是。即使在现代的植物学研究中也有这种现象。如同一种早花魔芋,被国外两位在分类学上很有造诣的专家,定为两个属的不同种。直到 80 年后,李恒团队通过解剖观察和细胞学研究,才认证它们是同一种同一属的植物。

李恒从认识天南星科的单一植物起步,逐步了解天南星科的庞大家族。

凡是收藏植物标本的地方，她都要亲自去考察，为此她去过湖南、湖北、广东、广西、四川等地的标本馆。有次去北京看标本，买不到坐票，她只好站着去，一站就是两三天。

用她的话来说："做天南星科很困难，因为现有标本少，花果齐全的标本更少。为什么会这样呢？首先是同时采到完整的花果和植株就比较困难；其次是天南星科植物块茎淀粉含量高，水分大，标本制作不易；最后是虫害造成很多标本都是不完整的，这大大降低了标本的研究价值。"

种种状况迫使她要用大部分时间去野外考察，寻找天南星科植物。虽然这个过程很艰苦，但她还是坚持一步一个脚印地去做。

她回忆了令她至今难以忘怀的采标本的故事：

那还是在动乱的年代，在"抓革命、促生产"的口号中，植物研究工作已经可以正常开展了。我们四五个人去红河州的一个县进行植被考察。那是中越边境的一个偏远的少数民族聚居区，那里的人基本不与外界接触。我们好不容易才到达，但仍感到幸福，因为终于可以展开工作了。

我们在森林中搭帐篷，一群猴子在树冠上咋呼起来，齐刷刷地盯着我们这群入侵者。开头两天我们和它们还相安无事，第三天，猴子中胆大的就下树了。尤其是我们开饭时，香味引得它们抓耳挠腮，摆出一副嘴馋的样子。一位女同胞想丢吃的给它们，我赶快制止了，因为我知道，若是开了这个头，我们就不得安宁了。所以只能等大家都吃饱，再将剩下的饭菜送到三四十米外的空地上给猴子们吃。

雨季，森林里的野果多。刚好有天出了大太阳，大家就把快发霉的衣服拿出来晒。这下麻烦来了，猴子们呼啦啦地跳下来抓衣服。我们手忙脚乱地拿起棍，敲着盆，舞臂跺脚，可是猴子们刁哩，竟跟我们玩起了游击战，有的还干脆爬到帐篷上赖着不走了。

我只得端了些剩菜放到投食处。这一招还真灵,猴王吼了一声,它们就蹿到树上跟着去了。回来的路上,我看到一只小猴正躲在树叶后面,悄悄地吃我特意留给它的一团剩饭。不过它藏身的枝叶看起来很特别,我按着怦怦跳的心仔细看了一下,从藤和叶上,我发现那是一种我从未见过的天南星科植物。

我不敢轰开小猴子,只能耐着性子等它走。营地的同伴赶来找我,问出了什么事,我说:"看我的。"等小猴离开后,我就噌噌噌地往树上爬,不知哪来的力气,竟然毫不费力地爬到了10多米高的树上,采到了标本。最令人高兴的是,它的花虽然已经蔫了,但还是完整的。

这就是我采到的第一号天南星科的新种,以采集地绿春崖为名的绿春崖角藤!

对植物分类学家越了解,我越感到他们是守望星空的人。记得儿时和小伙伴们玩耍,大家常常会提出一些稀奇古怪的问题,比如:"你知道头上有多少根头发吗?"有人会回答:"回去对着镜子数,不就知道了吗?"因为头发再多,也能数出来。但若是有人问:"你知道天上有多少颗星吗?"机灵的孩子一定会答一个很大的数,这样谁也无法说是对还是错,因为没人知道星星到底有多少。同样,如果你问世上总共有多少种植物,也没人能准确回答,因为植物世界博大精深,而人类目前对自然的认识很有限。单个植物于植物世界而言就如同一颗星球之于宇宙。星辰有诞生与陨落,植物亦有萌发与衰亡,在世间轮转枯荣,充满了神秘和吸引力。

正因为有着难以计数的植物,因此用"大海捞针"来形容采集标本的难度并不为过。然而古人还有一句充满人生智慧的话,那就是"世上无难事,只怕有心人"。李恒的学生们曾给我们讲述过李恒发现一个天南星新种的故事:

高黎贡山女神

1998年我们在高黎贡山腾冲的赧亢考察。那天天气很好,我们想多干点活,从这个点向另一个点转移时,出了森林正沿着山间小路走,李老师突然停下不走了。只见她盯着路边的一堆草,眼里射出精光……

肯定是发现了什么。那是我们几个人刚走过的地方,我们也看到了那堆草,像是打猪草,堆在那里,并没有发现蛇呀虫呀什么异常状况。

我连忙跑回去,她已经扒拉开草堆,从中拣了一棵大叶、开着黄花的草出来。我心里一顿,她冲着我说:"你们几个人赶快分头去把打猪草的人找来!"

原来是可以在这里等待他来收猪草的,但老师很急切。估计这人活动范围不会超过四百米。时间不长,我们找到了,原来是位怒族的胖大嫂。她有些紧张,也不太愿意来,眼下正是农忙季节。我只好说老师想问她一种草是在哪里割的。这一说她更紧张了。这几年群众生态意识提高了,她连忙说:"我只割猪爱吃的草,农村人,哪认得哪个草给不给割?"知道她误会了,我赶紧解释是来考察的,老师是研究植物的教授,要向她学习哩。她这才跟着去了。

李老师迎上来和她握手,笑眯眯地说:"家里喂了几头猪啊?看你是个勤快人,一个人打了这么多,都是猪爱吃的草,家里的猪不肥那才真的是不讲良心呢!"

差点把胖大嫂说笑了。胖大嫂说:"养了六头,都是吃货。稍晚了喂食,就在猪圈里造反了。"几句家常话一拉,气氛融洽了。李老师点题了,拿着手里开黄花的草问:"你们叫它什么草?"

大嫂回答的是怒族话,谁也听不懂。李老师又问汉语的名字,她不知道。李老师再问,猪喜不喜欢吃这种草。大嫂直摇头,说:"反正是把喂的全部吃完了。"

129

最后，李老师才问她是从哪里割来的。她说记不清了，想了一会儿还是想不起来。养六头猪，每天最少要割上百斤的青饲料，忙得团团转，要她记住一棵草是在什么地方割的，也真难为人。

李老师根据大嫂讲的范围，要她领着我们去做地毯式搜索，还一再叮嘱千万要找到，要记住它的生境、方位，以后来采集果实。

这就是李恒发现天南星科植物新种——高黎贡山斑龙芋的故事。这也是她在实际考察中给学生们上的生动的一课。

她的学生都很感慨：为什么他们几个人从那里经过，却什么也没发现呢？大家有些明白李恒常说的"要用心"了。

然而，幸运并非每次都眷顾李恒。有一年，她到邻国老挝考察天南星科植物。到了那里，人生地不熟，她遇到了重重困难。有一天她需要到距离营地18千米处的一座土山上的竹林，这对70多岁的李恒来说，是一个巨大的挑战。她一路上不断摔跤，以致左脚受伤。她自己记不清摔了多少次，可同伴清楚地记得是7次。

我曾问过她详情，她却说："在山里摔跤是常事，要是每次都记得这些事，哪还有精力采标本？"

后来，我在她的采集日记中读到了那天的真实情况："左脚受伤，幸亏得殷建涛、向导、小肖大力相助，才得以生还。"可见当时的情况是多么危险。

由于种种原因，这次考察并不顺利，然而她对这10多天的工作成果还是欣喜的："采集植物200多号，虽然大部分为种苗或种子而没有标本。其中天南星科的68号，14属，36种，新种2到3个。"

1976年，李恒发表了对天南星科植物研究的最早的一篇论文——《我国本草学中的天南星、虎掌、半夏》。这篇论文的主旨在于厘清天南星、虎掌、半夏这三类药物的类别和使用途径。她通过研究发现：长久以来，人们对天南星科中天南星、虎掌、半夏三类药物的分辨一直处于混乱的状态（如天南星，古代人用的主要是天南星属的两种，现已扩大到同属的多种植物，并将历代本草的虎掌混在一起，而虎掌实际上是半夏属的；又如半夏，除古今公认的正品外，又有虎掌、天南星植物和犁头尖属植物）。对这些植物的辨识涉及药效和真伪问题，因此区分它们并规范它们的用途刻不容缓。

这是她对中华五千年灿烂文化中关于天南星科植物分类及药用方法的相关文字进行梳理的代表作之一。这个研究工程量浩大，要查阅众多古籍，还要有丰富的分类学，甚至古文方面的知识。但这项研究的意义在于继承和开拓，特别是在药物学领域有重要意义——对药物辨识准确，用法规范，是对每一个生命负责。

我国民间对中草药的使用有着悠久的历史，但由于时代局限和地域差异，不同的作者在不同古籍中对同一植物或药材有着不同的描述。如天南星，陕西称之为"异叶南星""独角莲"，四川称之为"狗爪南星""母子半夏""虎掌南星""狗爪半夏"。

"即使在李时珍的《本草纲目》中，也错误地把天南星并在虎掌条下，同时引用了《图经》（宋代的《图经本草》）中关于天南星和虎掌两种不同药物的形态叙述，谓'南星即本经虎掌也'。他把两种不同药物的'气味'和'主治'也同时录在虎掌条下。这就把宋代《图经》已经区分了的天南星和虎掌——属于不同属的两种植物混在一起了。"

李恒正是在厘清优秀传统植物学，大量阅读标本，以及多年野外考察的积累下，在1977年发表了《我国天南星科植物》（与肖溶、曾孝濂合著），该文分为两个章节——《天南星科检索表》和《天南星科新资料》。论文虽不很长，分量却很重。这是她研究天南星科的重要贡献之一。

她将我国从古至今对天南星科的研究成果，统统凝练在《天南星科分族分属检索表》和《天南星属分组检索表》中。在植物学领域，检索表相当于字典和词典。想要认识一种天南星科的植物,只要将实物的特征与检索表对应,就会知道它是谁。可见编纂一部检索表需要怎样深厚的功力。

李恒的另一贡献在于她将植物所有混乱的名称统一,与植物学中的英文、拉丁文接轨,给所有植物都制定了汉语名称。

1980年,李恒在《云南植物研究》上发表了《喜马拉雅—横断山脉是天南星属的分布中心和分化中心——兼论天南星属的起源和扩散》一文。这篇论文在分类研究成果的基础上,对天南星科的起源和分布做了更深入的探讨,有《属下等级及其亲缘》《天南星属的扩散和它的发生时期》《天南星属在亚洲的起源地》《喜马拉雅—横断山脉是天南星属的分布中心和分化中心》《喜马拉雅山脉的隆起对天南星属分布的影响》几个部分,涉及植物分类学、植物地理学等多学科的研究。

这篇论文的意义在于厘清了天南星属植物的分布与发展变化。李恒根据当时全世界对天南星属植物的研究状况,试图在属下类群系统关系的基础上,分析本属的发生、扩散和分化历程,探索它的起源中心和起源时期,确定它现在的分布中心和分化中心。论文以大量实际的分布状况,来论述天南星属植物于渐新世起源于亚洲热带的水域(即它原是水生植物),而喜马拉雅—横断山脉地区是天南星属的分布中心和分化中心。李恒是首位用这种方式来进行研究的植物学家。

之后,李恒对天南星科的研究获中国科学院科技进步奖。由于魔芋属植物的经济利用价值高,李恒重点对其进行了深入研究,发现我国共有16种魔芋属植物,其中7种是我国特有种。这一研究成果获云南省科技进步奖。

因在天南星科研究方面的突出贡献,李恒受到国际天南星科研究会的关注,研究会邀请她参加国际天南星科研究学术会议。会上,她的演讲使国际同行对中国对天南星科的研究刮目相看。大会确定昆明植物研究所为全世界天南星科研究的中心之一。

1995年6月26日至7月1日，第六届国际天南星学术研讨会在昆明和西双版纳召开。

2013年，李恒在第十一届国际天南星植物学大会上，获得了国际天南星植物学会最高奖——H.W.Schott 奖。这代表着她已经成为这个学科的核心人物。昆明植物研究所也被授予了同样的荣誉。

在谈到此事时，李恒很幽默地说："幸好我活得够长，要不就拿不到这奖了！"

李恒在天南星科的研究过程中，共发表论文69篇，其中署名第一作者和通讯作者的有43篇。《中国植物志》中，天南星科一章由李恒编著。

重楼奶奶　七叶一枝花

植物世界的神奇往往出乎你所料。

大约在2000年，我和李老师要启程去三江源，进行我们计划已久的探险。天蒙蒙亮时，我们背着行囊出发。当走过熟悉的街边花坛时，我瞥到一朵让我惊奇的红花。它真是与众不同：之前见到它时，它顶着七八片翠绿的叶子。之后再见时，上面又长了一轮叶子，虽然叶子小了些，但像楼房一样多了一层，很似乡间的万年伞。这才多少天，顶上的一层居然开出了花，难道那不是叶子而是花？因为要赶航班，我无暇细看。等到结束探险回来后，我再去找它，却已经找不到踪影。这在我心里留下了遗憾。

直到去年，我在家里前院的木瓜树和银杏树下又一次发现了它的身影。后来，每次野外考察归来，我总要去看看它。它长高了，有二三十厘米，显得亭亭玉立。七八片叶子上横出一茎，顶着渐红的小花，像戴着一顶红帽子。当它结出果子时，果子裂开，显露出一堆红籽，挤挤挨挨，如石榴子般热烈。

在植物学领域，我是门外汉，但我很想知道这株神秘植物究竟是何方神圣。有一天，我家来了一位亲戚，他是个农事通，还懂得中草药。于是我指着这棵不知名的"仙草",想考考他。他不假思索地说:"看看它的模样,数数它长了几片叶子,也该知道它叫什么了。这是七叶一枝花!小孩唱'七叶一枝花,深山是我家;痈疽如遇着,一似手拈拿',说的就是它。"

他说得我一愣一愣的,但我还是疑惑:"可我们这里不是深山呀!"

"你可真是个书呆子。七叶一枝花不仅山里有,平原和丘陵也有。难道你忘了?有次你姐被蜈蚣咬了,我找来七叶一枝花帮她止了疼。"

他端详着这株植物,接着说:"看样子,这是棵一两年的苗,还要等个两三年才能挖出来。顶芽一年最多长一个,看它根上有几个顶芽,就晓得是长了几年。长到五六年,药效才最好。"

原来它是用顶芽纪年的。

这是我初识七叶一枝花。七叶一枝花是云南白药的主要成分,这样说的话,大家或许对它多少有些印象了吧。

李恒主编的《重楼属植物》(1998年出版)在《前言》中开宗明义:"重楼,即七叶一枝花……《滇南本草》和西南群众均把其称作重楼,因这类植物每一株在一轮叶片之上还有一轮叶状萼片,似为两层叶片之故……重楼药用在中国历史悠久,早在《神农本草》中即以蚤休之名列为下品。其后历代本草均有收载,谓有清热解毒、消肿止痛、凉肝定惊之功效,用于痈肿、咽喉肿痛、毒蛇咬伤、跌打伤痛、惊风抽搐等症。近代重楼的根茎成为多种中成药和新药的主要原料,进入制药厂加工生产,每年的消耗远远超出了重楼的年生产量,使重楼资源面临枯竭的威胁。所以有必要探讨利用重楼的方式和人工快速繁殖的途径,开源节流,减轻人类需求对自然的压力。"因此,需要"探讨重楼在被子植物系统发育中的位置及重楼属本身的发生、发展和分化的规律"。

从数据上看,重楼属植物全世界共有30种,而中国就有26种,其中21种为中国特有种。这样看来,我国的重楼属资源还是很丰富的。

由于重楼属植物有着重要的科学意义和较高的经济价值,昆明植物研所于1980年成立了课题组,依靠本所多学科的优势,从植物分类学、植物地理学、植物生理学、形态解剖学、胚胎学、细胞学、孢粉学、园艺学、免疫血清学、植物花粉学等方面,探索上面所说到的急需解决的难题。

这个课题组由李恒牵头,先后有周俊、陈昌祥、顾志建、李运昌、杨兴华、梁汉兴、季本仁、韦仲新、何静波、张玉童等参与。

"重楼属植物综合研究"在1985年成为国家自然科学基金项目,这是李恒主持的第一个国家自然科学基金项目。

李恒首先从植物分类学入手进行研究。由于时代和地域的关系,古籍中对同一种植物有不同的名称。如:蚤休、重楼、七叶一枝花,在不同的古籍中,有时是指同一种植物,有时又并非指同一种植物。如滇重楼的名字就有:重楼一枝箭(《植物名实图考》)、阔瓣蚤休(《中国药用植物志》)、阔瓣重楼(《中国植物志》)、独角莲(《滇南本草》)、土三七、七叶一枝花、重楼、大重楼、重合、两把伞(云南)、山重楼、麻婆、九道箍(四川语)、王孙、一把伞(贵州语)、牙赶庄(西双版纳傣语)等。

她夜以继日地考证,终于将名称繁多的重楼属植物一一厘清,把它们放到现代分类学相应的位置。这是一项浩繁的工程,不仅需要学识,还需要强大的定力。

在考证历史和古籍的同时,李恒东奔西走,在全国各地的标本馆中查阅重楼属植物的标本,这些都是前人研究或野外考察的成果。1985年1月,她在成都的标本馆中一住就是十几天。外行人看植物标本,总有种看枯枝败叶的感觉,而她总能从那些褐黑色的花、枝、叶中发现生命的密码。每次有了新的发现,她便觉得又在探索重楼属植物全貌的进程中迈出了一步。

李恒也很注重野外考察,那些年她几乎走遍了祖国的大地和国外一些重点地区。仅1986年5月至6月,她就在云南的大理、丽江、巍山、路南进行了连续20多天的野外考察和采集。

俗话说,一分耕耘,一分收获。李恒的考察生涯就像写文章,常有"神来之笔"。深秋,她在独龙江野外发现了两种似是重楼的植株,但它们已经枯萎,无法进行鉴别。她将它们连根带土采集,带到昆明种植。可能植物也有灵犀之心,在李恒的精心照料和耐心等待下,第二年就生出了新苗,并且开花、结果。经过鉴定,这果然是2个从未记录过的新种。李恒将它们定名为独龙重楼和皱叶重楼。

她就是这样和同伴一起为新发现的13种重楼命名的。

在这期间,她的研究已有了阶段性的研究成果,发表了《重楼茎叶的药用价值探讨》(1989年)、《重楼属植物的显微研究》(1989年)、《中药重楼的显微鉴定研究》(1989年)、《重楼属的新分类群》(1992年)等20多篇论文。

李恒重新整理了重楼属植物的资料,她发现全世界范围内已记载的重楼属植物有30种,有26种分布在中国和其近邻,其中又有21种属中国特有种,云南就分布了19种。可以说云南为李恒提供了丰厚的研究资源。

李恒对重楼属植物研究得愈久,就愈感到这一学科在植物种类区分方面存在着混乱,主要是因为对重楼属的研究还不够深入。当时,国外研究重楼属植物的也不乏其人,其中就有一位权威也正准备撰写专著。李恒听说后,准备向此人挑战。她早在1984年就写了《重楼属系统发育探讨》,意在规划一个新的演化和分类系统。这在学术上是一件大事,相当于给重楼属植物重新造个户口簿。改写重楼属植物系统意义重大,然而,对方在国际上毕竟是权威,李恒未敢轻举妄动,而是将文章提交吴征镒审阅。吴征镒在养伤的病床上审阅了草稿,指出文中的错误,并推荐在学报上优先发表。此文发表(1984年)后,吴征镒又建议把此文寄给那位权威人士,征求他的意见。

1987年,吴征镒和李恒去参加第十四届国际植物学会议,李恒将《重楼属系统发育探讨》一文的相关幻灯片放给那位权威人士看。随后,那位权威心悦诚服地表示支持李恒的观点,并宣布放弃他的重楼专著计划,鼓励李恒把研究继续做下去。她的坚持正好阐释了那个充满古人治学智慧的词——厚积薄发。

除了对重楼属植物进行系统重编,李恒还着力于研究重楼属植物的分布。从植物细胞地理学研究的结果来看,李恒认为重楼属植物起源于东亚大陆的云南、贵州、广西等地,云南高原到四川邛崃山区是重楼属的多样化中心。

在谈到对重楼属植物的研究时,李恒曾自豪地说:"我的功劳就是把几十种重楼重新编组!"

她将文献中出现的重楼6个属名、85个种名和34个种下等级名做了全面调整,对一个包括2个亚属8个组24个种和13个变种的分类系统提出了建议,包括李恒等命名的6种和6个变种。

1998年,李恒主编的《重楼属植物》出版。这是一部关于延龄草科重楼属植物的专著,考证了我国利用重楼的历史、重楼药用种类及其古今名称,提出了一个新的重楼属分类系统,对属下各级分类单元的形态、生境和细胞学特征进行了描述,介绍了重楼属的细胞学、胚胎学、孢粉学、植物化学、免疫血清学等方面的最新研究成果。

书中关于重楼属分类的系统划分,得到了国际植物学界的广泛认可,并被使用。时至今日,该书已经连续三次再版。

李恒也诚恳地说出了她的遗憾:"通过16年的多学科协作研究,我们获得了大量的新资料。但同时,有些项目并未达到预期目标,如在组织培养方面,我们企图通过利用愈伤组织快速生长的特性,获得有效活性成分,但多年来的实验都未获得圆满结果。重楼的茎、叶、花蕾作为外植体均未获得愈伤组织,用幼芽诱导的愈伤组织生长缓慢,而且不含原植物中的皂甙。我们最后认为,通过愈伤组织生产重楼以获得有用成分薯蓣皂苷和偏诺皂苷的方式暂还不可行。这样,重楼的快速繁殖仍是一个亟待解决的问题。"

这个问题让李恒一直耿耿于怀。

普通人作为植物学研究的域外人，可能并不知道李恒的重楼属研究成果的意义。很多人都知道云南白药，但很少有人知道它的主要成分是重楼属植物，更不知道重楼属植物还是四五十种中成药的主要成分。我国现有利用重楼进行药品生产的厂家100多个。

然而，现实情况是重楼的需求量远远大于生产量，再加上对野生重楼的无序采挖，一些重楼属植物处于濒危境地。

"重楼属植物系统研究"在1980年立项，1982年成为国家自然科学研究项目，其目的就是要"探讨重楼属在被子植物系统发育中的位置及重楼属本身的发生、发展和分化的规律"，以达到"协调大自然的赐予与人类索取的矛盾"。直白地说，就是要发展重楼药材种植业。而要发展这一产业，繁殖成了关键。

李恒和她的团队对重楼属植物的研究成果，为发展重楼药材种植业奠定了科学基础。

在研究的过程中，李恒无时无刻不在关注着重楼药材种植业的发展。她经常去种植场现场指导种植户，还在网上搭建与他们交流的平台，耐心地为他们答疑解惑。

在她这一时期撰写的文章中，有2篇是极具代表性的：《中国重楼产业发展现状及急需解决的问题》《怒江州重楼种植业调查总结》。科学家总是以事实说话，她这2篇文章以大量的调查研究为基础，前者从宏观处分析，找出问题，提出解决方案；后者从细微处入手，总结具体经验。她列举的实例多来自云南，因为云南资源丰富，又是种植业大省，在全国具有代表性。

中国是重楼资源最丰富的国家，中国人自古以来就利用其防治疾病。直至今天的《中华人民共和国药典》（以下简称《药典》）都已明确载入。李恒用事实说明重楼药材种植不仅是一个庞大的产业，而且对农民脱贫也具有重要意义,特别是在可耕地较少的山区。

李恒在这2篇文章中列举了几个实例:

其一,云南怒江州泸水县某农民,经营20亩核桃林、10亩苹果林和5亩重楼。2016年,核桃林受灾绝收,苹果收入9000元,而重楼种子收入达13万元(平均每亩2.6万元),尚有价值5万元的种子留作扩大种植之用。全部种苗和重楼药材(约400千克干货)仍留在地里,翌年还可收更多的种子,可获取更多的药材。短短两三年,这家农户已从简陋的茅草屋搬进了三层楼的新居。

其二,云南怒江州傈僳族某农民,经营20亩核桃林,拿出2亩在林下种植重楼。2015年依靠自然授粉,出售种子得7万元。2016年,采取人工授粉技术,种子获得大丰收,出售得36万元,还留了价值5万元的种子准备扩大种植。根茎每亩也在500千克以上,价值80万元。这是人工核桃林的副产品。

然而,因为不分品种盲目种植导致损失惨重的事例也不少。云南种植重楼的农户和公司当时已有1000多家,每家少则种植一两亩,多的则号称种植千亩、万亩。李恒考察过一些种植场,当看到田地中混杂着大量没有药效的重楼时,不禁惊出一身冷汗。

《药典》明确规定,重楼属植物中,只有滇重楼和七叶一枝花才是正品药材,所以其他没有药用价值的药材公司是不会收购的。如此随意种植,不仅会造成经济损失,还会破坏环境。早期种植户多是从山上挖来种苗,由于他们缺乏辨识能力,往往见到重楼属的便统统挖来。

看到重楼经济效益高,湖南的种植户也从云南引种了滇重楼,结果损失惨重。而且即使在独龙江这种自古以来就是独龙重楼、长柱重楼、皱叶重楼、毛重楼和黑籽重楼的分布区引种滇重楼,也会问题百出。这是为什么呢?

原来,由于重楼属植物地理分布不同,李恒认为适宜发展重楼种植业的省区并不多。新疆、宁夏至今没有重楼分布记录,青海和西藏大部分地区也是不长重楼的,内蒙古、黑龙江、辽宁、吉林、河北只能种植不能作为药材的北重楼。

李恒为中国发展重楼种植业画了一条线,她根据多年来对重楼属植物的研究,认为它属于亚热带植物。在中国,秦岭—淮河以北的广大地区和北回归线以南的热带地区,均不适宜种植药材重楼。

重楼种植必须因地制宜,遵守一方水土养一方植物的自然规律。

以湖南为例,野生重楼资源丰富,共计有10种和4个变种,且以有效含量较高的、《药典》中列为正品的七叶一枝花分布广、资源多,那么就应种植七叶一枝花,而不应种植没有药效的金线重楼、狭叶重楼。

重楼药材种植是云南的支柱产业之一。云南地理和气候环境多样,但李恒认为云南也不是任何地方都可发展重楼药材种植业。她认为适宜药材重楼种植的地域,应是云南大部分海拔1600米至2500米的亚热带地区,热带和高寒地区都不适宜种植。因而,她在丽江的鲁甸、巨甸,曲靖的沾益、马龙等地建立了滇重楼种植示范基地。

她还结合团队研究成果和种植场实际经验,指出了种植方面的一些误区:

误区一:将适于高原亚热带环境的滇重楼种植在高寒山地。

这样错误的引种可能会导致滇重楼不能发芽,投资报废。即使有时滇重楼能正常开花、结果,但根茎常不含皂苷。实例一:云龙县某地于2014年在海拔3000米处搭棚,播种滇重楼种子4—5亩,到了2016年,也不见种子萌发。实例二:兰坪县海拔2800米,在这里生长了六七年的根茎,皂苷总含量(只)0.184%、0.55%、0.155%,均达不到《药典》的最低要求。普查数据表明:在云南采用这类种植方式的面积不少于6000亩。

误区二:在高温高湿的南亚热带和热带地区大面积发展滇重楼种

植业。

云南的热带地区(版纳、河口)、南亚热带地区(红河,文山的文山、麻栗坡等)均已发展重楼种植业,其中种植的80%为滇重楼。但有关的检测表明:勐腊县野生滇重楼的皂苷含量为0.246%、0.32%,景洪大渡岗乡的滇重楼的皂苷含量为0.54%,马关八寨的滇重楼的皂苷含量为0.206%、0.284%、0.513%,文山的滇重楼的皂苷含量为0.328%、0.486%,蒙自的滇重楼的皂苷含量为0.461%,均低于《药典》标准。这些地区的重楼种植面积都在10000亩以上。

误区三:认为同一种重楼的有效成分在不同地区是相同的。

《药典》重楼七叶一枝花于华东、华中、华南、云、贵、川一直到越南都有分布,但不同地区七叶一枝花的皂苷含量不同。已有检测表明,华东、华中的七叶一枝花的皂苷料含量都基本达到或超过《药典》水平,如湖南洞口、新宁的七叶一枝花皂苷含量达1.55%—1.72%,桃园的达0.56%—1.27%,慈利的达0.56%—1.74%。但在云南,不管是野生的还是种植的七叶一枝花,皂苷含量都达不到《药典》水平,如昭通各县的都在0.35%以下,文山马关的则为0.088%,文山平坝的为0—0.23%。据粗略估计,昭通和文山七叶一枝花的种植面积都在3000亩以上,有的农场七叶一枝花种植甚至已经规模化。问题的严重性还在于,农场主已经习惯七叶一枝花的种植,且会继续扩种,并向社会提供药材和种苗,这是规范重楼种植业进程中的一大障碍。

误区四:将高黎贡山一带的特有重楼引种于滇中地区。

2015年,由于怒江地区的长柱重楼的抗癌活性被证实,怒江的长柱重楼种苗一时备受欢迎。但引种到禄劝时,遇到了问题:种子明明在4月就已纷纷萌发,可到了5月份,由于空气湿度偏低,实生苗全部枯萎;用根茎繁殖的苗地,4月到5月出苗率为20%,但在5月底到6月,苗株全部枯萎。2016年,引种到禄劝的长柱重楼干脆再也不出苗了。2016年,罗平一位重楼种植户花了10万多元,在怒江买了长柱重楼的种子和根茎,结果同样种植失败。同年有人发现在保山隆阳区也有业主大量种植长柱重楼,到了9月,只见为数甚少的植株,果实发育不良。同样,将独龙江的独龙重楼和皱叶重楼引种到滇中地区,成活率也很低。云南这种误种面积约为1000亩,虽然大部分误种者已经醒悟,但至今还是有许多来滇求购长柱重楼种苗的外地企业。

误区五:在低洼沼泽地、水稻田里种植重楼。

我国有栽培价值的重楼大多生长在山地林下,也有生长在灌丛和草坡上的,但没有生长在水域环境及水稻田的。云南某重楼企业将300多亩低洼沼泽地改造为重楼苗圃,多年下来没有收获,现耕地已荒废。湖北竹溪县某人于2017年在水稻田里种了10亩重楼,后发现品种混杂,七叶一枝花只占了总数的不到30%,而且由于水土不服,出苗的重楼不开花,开花的重楼不结果,最后10万元投资打了水漂。

误区六:种苗市场失控,伪品广泛传播。

2017年4月到6月,怒江某公司与昆明一家重楼公司进行重楼种苗交易,数百万重楼苗从怒江转到昆明倾销,再由昆明转销到全国各地。按每亩用苗2万株,每株3元计算,每亩种苗需投资6万元,成本不可谓不高。2017年6月24日,昆明植物研究所对该公司重楼种苗进行鉴定,该公司共提供了种苗100株,其中60株为一号粉质重楼(其商品名应为粉质滇重楼),30株为三号长柱重楼,10株为二号重楼。经鉴定:一号粉质重楼主要为没有药效的毛重楼,夹杂一小部分长柱重楼;三号长柱重楼主要为长柱重楼,夹杂几株独龙重楼。综合评价:第一,该公司的重楼种苗完全是《药典》以外的重楼种类,在药材市场属于非法商品。第二,公司自己认定的一号粉质重楼(实为毛重楼)为该公司的主流产品,其皂苷含量在0.1%以下,属于《药典》重楼的伪品。经销商将其当作粉质滇重楼销往市场,则失信于消费者,继而影响重楼种植业的发展,使经过各种科学研究才得以证实的药用价值又不再被大众信任,科研人员的努力付诸东流。第三,长柱重楼和独龙重楼也属《药典》以外的重楼,因其含有抗癌的皂苷成分,在医药上具有开发价值,但长柱重楼和独龙重楼仅适于高黎贡山地区,引种到滇中或其他地区都不能成活,将它们作为种苗外销,有损商业道德。事实上,错误的引种和错误的种植方法,已造成上万亩重楼种植地损失惨重。

基于上述因素,李恒认为,全国现有的重楼生产基地虽然有相当可观的面积,但可提供合格重楼产品的可能不到三分之一。因此,她建议:

第一,应加强政府部门的引导。

虽然重楼种植业飞速发展,种植面积不断扩大,但由于缺乏统一的科学规划和对农技人员的及时指导,常有盲目种植和偷采野生资源的现象,导致严重的经济损失和自然资源的流失。自2016年起,怒江州各级政府已经有计划地辅导农民发展重楼种植业,此举效果不错。但大多数地区,政府管理比较松散。有的农民种错了品种,产品无人接收;有的农民盲目引种,导致劳而无获;有的品种虽对路,但市场信息缺失使其无人问津。这一切,都需要政府的介入和指导。

第二,应发展重楼精准种植业。

一是确认重楼的适种区划。重楼的生长受自然因素和遗传基因制约,重楼的自然分布因地处的经纬度和海拔高度的不同而各有差异,盲目种植只能是广种薄收,或投资浪费。因此,有必要根据重楼品种的生长习性和地区差异进行科学的适种区划。按照区划,发展地道重楼药材种植,确保品种正确,提高药材质量。实践证明:《药典》收载的滇重楼的适宜地域是云南中部海拔 1600 米至 2400 米。云南南部和东北部就不适合种滇重楼,这些地区种植出的滇重楼有效成分的含量达不到《药典》要求。《药典》收载的七叶一枝花在湖南生长良好,有效成分大大超过《药典》的标准;放在云南,虽然也可以生长得很好,但皂苷含量就很低。同时,由于遗传基因的差异,同一地区生长的不同重楼种类,皂苷含量通常不同,例如云南中部、西北部各县的山野中,同样的云南松林下,通常同时生长着滇重楼、毛重楼、黑籽重楼,但其根茎的药效明显不同——滇重楼的皂苷可达 2.6% 以上,而毛重楼和黑籽重楼的皂苷通常是 0—0.1%,远远达不到药典要求。所以,重楼的适种区划应是发展重楼种植业的先行步骤。

二是坚决实行目标种植。提高群众对重楼属植物不同类别的区分能力,使他们选择合适的重楼进行种植。每一地区的农林群众都应明确自己的种植目标。重楼是中国特有的稀缺药材,但并不是所有的重楼都有明确的药效。《药典》上记载的仅有多叶重楼这一个种下的两个变种——滇重楼和华重楼(即七叶一枝花),医药市场理论上也只接受这两个变种的根茎作为药材。原料供应地应该确保滇重楼和华重楼品种纯正。但现实中重楼生产基地种植的重楼大都包括国产的全部重楼的 24 种和 10 余个变种,正品总量不到各重楼基地总产量的 50%。就云南而言,现有重楼种植面积虽有约 56000 亩,但仅有 28000 亩能提供合格重楼产品。如此下去,重楼的供需永远达不到平衡。

云南重楼种植业必须有的放矢,杜绝乱采、乱挖、乱种的现象,以降低野生重楼资源的损耗,确保植产重楼的货真价实,提高云南重楼种植业的信誉。

第三,应加强药用植物的亲缘学研究,发掘新的药用重楼资源并加以利用。

研究重楼属植物的亲缘关系（系统发育）、基因组学、化学成分和疗效（传统疗效和药理活性）间的相关性，可对重楼属植物资源的开发提供重要的学术参考。重楼属植物包含28种和14个变种。传统中医认为重楼属植物有消炎、止血的功效，可以入药，而新时期《中华人民共和国药典》只认可重楼属下多叶重楼下属2个变种（滇重楼、七叶一枝花）为合法中药。这意味着，除滇重楼、七叶一枝花外，重楼属其他种和变种都不被认为是中国的官药，且不提倡使用。于是长久以来变种重楼植物的药用价值都不被认可，直到近代科学实践表明，球药隔重楼、金钱重楼具有与滇重楼和七叶一枝花相同的疗效，皂苷含量较高；长柱重楼、独龙重楼、皱叶重楼、五指莲等品种具有很好的抗癌作用，而且皂苷含量常在2.0%以上。它们都是重要的药材资源。我们要发掘利用好，以减少《药典》重楼的需求压力。

第四，应加强农技科学指导，推进规范化种植，保证丰产丰收。

重楼种植业是一个新兴产业，从播种、培育，一直到采收、储藏、销售都需要农技人员介入指导。政府部门应该加强对各级农林部门技术人员的培训，使各地药农得到必要的专业技术帮助。

第五，应提倡林下种植，节约土地资源。

云南山多地少，林地面积高达37500万亩，占全省土地面积的64.7%；耕地面积仅4306.5万亩，占云南土地面积的7.29%。长柱重楼的主产区怒江州的土地面积为2187.8万亩，其中林地面积1898.3万亩，占全州土地面积的86.77%；耕地面积近75.9万亩，仅占怒江州土地面积的3.46%。无论是云南省还是怒江州，发展中药材业仅利用现有耕地是远远不够的，唯一的出路是尽可能多地利用林地。重楼是林下植物，更应该充分利用林下土地资源。

提倡林下种植，带来的经济效益也是十分可观的。据了解，怒江全州现有核桃林200万亩，其他经济林约14万亩。如在各种经济林下种植重楼，在不影响经济林木收入的情况下，每亩林地可增加收入56725元。怒江每户一般有10亩左右核桃林，如都在林下种植重楼，则每户可增收567250元。

谁说科学技术不是生产力呢？

或许有人会质疑，她是位植物学家，研究是她的本职，为何要如此大段地引述她对重楼种植的意见和设想？

这篇论文与纯学术论文比毫不逊色。我想起了她的学生洪永平对吴征镒的精准评介：他是我国植物学的奠基石——他回答了中国有哪些植物，如何利用，如何保护。同时想起了洪永平在李恒88岁寿辰时的祝寿词：理想让她前行不止，学习让她永葆青春，坚守让她心无旁骛！

是的，李恒是位仰望星空、脚踏绿地的植物学家。我在读这些文字时，眼前时时出现一位老人迈着坚定的步伐，不辞劳苦、不分昼夜地穿行在山野、田间追寻着理想的画面和她精神矍铄、光彩照人的形象！

面对现实中的这些问题，她不仅用文字来呼喊，还到一个个种植场去实地考察，手把手地教会农民群众识别各种重楼，指导他们种植。为了解决土地资源紧缺的问题，她倡导林下种植，使这一问题有所改善。

为了更好地指导农民群众种植重楼，李恒和王仲朗、施彬、王跃虎、苏为耿特意编写了《稀缺中药材——重楼属植物的识别和栽培技术》一书，发给药农们。该书通俗易懂，且配有大量图片，即使是门外汉也能看明白，足见编写者用心良苦。

李恒还经常到各地办培训班，讲解重楼种植知识。据不完全统计，截至目前已培训近两千人。不管在哪儿开培训班，人们都会蜂拥而去，并互相提醒：

"重楼奶奶来讲课了。"

2018年9月中旬,我和李老师去昆明,和李恒教授说想去参观重楼种植场。她说正好她也要去一个曾指导过的种植场看今年的收成,于是我们约好18日出发。

然而,电视台十五六号就发布了强台风"山竹"的消息,预报18日强台风将影响云南,昆明会有大暴雨。不断有朋友打来电话,担心我们的身体,建议我们将参观时间推后。可我知道李恒在野外考察是全天候的,况且她才是最熟悉云南的人,这次行程当然得听她的。

整整一夜,我们没有接到改期的通知。18日早晨,我和李老师提前站在旅店门口等待。昆明天亮得晚,加上又是阴天,显得更阴沉,蒙蒙细雨让眼前一片蒙眬。刚到约定时间,李恒的车就到了。

她换了一身装扮,系着白底彩花的围巾,看起来挺精神。我们刚在车上坐稳,她就说:"别听他们瞎咋呼什么强台风,我说今天一路没雨就肯定没雨!还有谁比我对这条路更熟吗?"

重楼课题组的罗吉凤老师乘坐另一辆车,已等在路口。

我们要去的重楼种植场在元江,距这里200多千米。这是四位小青年的创业基地,领头的是个姓何的姑娘,她大学毕业后先在一家公司打工,学习种植药材,后来找到了李恒,学习了相关知识,也坚定了种植重楼的信心。

驾车的是位女孩子,小巧玲珑的,也就20来岁,和李恒坐在前排倒是很和谐。但我心里还是咯噔一下,都说这条山路很难走,怎么让年轻人驾车?我在野外考察几十年,还是第一次遇到这样小年纪驾车的。但看到李恒坦然地和她并排相坐,我忐忑的心也慢慢安定下来。

车一出城就转入了高速公路,车速快,但开得很平稳。一路上,我们的话题离不开重楼。李恒和我们谈起几个发现新种的故事——

1982年4月,李恒他们在禄劝、东川、昭通、会泽、巧家、宣威、彝良等地考察，采到不少标本，其中有一种在彝良小草坝采到的重楼特别奇怪，根茎多分叉。后来经过鉴定，发现是个新种，定名为五指莲重楼。

1983年，云南大学朱教授采到一个重楼标本，李恒看到后，觉得与其他重楼有异，于是亲自去寻，终于在一河谷地带采到了完整标本。它是株矮小的草本植物，叶子上长有漂亮的白色斑块，像花一样。经鉴定，这又是一个新种，后来定名为禄劝花叶重楼。

还有一次，美国一位研究延龄草科的植物学家来访，李恒陪他去大理考察。在某条路边，李恒意外地发现了一株重楼，这株重楼后来被证实为新种，被命名为大理重楼。

她的故事听得我和李老师都十分感慨。研究重楼的人并不少，但为何她能屡屡于不经意中有惊人的发现呢？我想，这正应了"天下无难事，只怕有心人"这句古语，李恒就是那个"有心人"。虽然她从不遂我愿，去主动提起自己发现重楼植物新种的事，也曾说过发现新种并不是衡量植物学家贡献的唯一标准，然而，我明白发现新种的意义。

车窗外的景色一闪而过，公路似是在开阔的谷地行驶，左边似有一列朦胧的山峦，虽然是阴天，但山的轮廓还是依稀可见的。另有几处景物激活了我的记忆，我忍不住问："师傅，这是不是去西双版纳的高速公路？"

"是的。"驾车的女孩回答我，这是她从上车到现在说的唯一一句话。

我想起37年前的1981年，林业部的老章带领我和张天鸣等乘坐一辆面包车从昆明去西双版纳的境况。那路况太差了，傍晚时我们才到元江。现在，他们说的元江和我记忆中的元江合二为一，我对种植场的具体方位才有了印象……

正想着，李恒打电话要前面的车进休息站。车已行进了2个多小时。前面车上的人建议继续赶路，因为有段土路不好走，若是台风来了，就进不去了。

李恒却说："若是下雨，我背你们爬山！"

老太太的话逗得我们都哈哈大笑起来。

又过了1个多小时,我们拐进山里的土路。还没开多远,就遇到了三四十度的红土陡坎,这时车却没有减速,一下就上去了。

两旁是荒野景象,已经没有路的影子。继续前行,左边即是陡崖,车开始颠簸,大幅摇晃。我和李老师去过很多更惊险的地方,但此时还是紧紧抓住扶手。因为驾车的是个年轻女孩,而不是位老师傅。若是再晃得猛烈一些,车子难保不翻到陡崖下面。

李恒却不紧张,反而不停地向我们介绍路两边的植物——这开水红色花的是一种桃花,而那是野蓝莓。我瞟了一眼女孩,只见她熟练地操纵着方向盘,没有一丝手忙脚乱。就在李恒"报花名"的过程中,车已开到一处平坦地。迎面而来的是一辆大型挖土机,正在荒土中开出路基。

走过这段险路,我对女孩的驾车技术完全信服了,再过土路时,便一点也不紧张了。

车子继续前进,车窗外的森林显得很茂密。这时,山间的平地上出现了一幢房子和黑网遮阴的大棚——种植场到了。

来接我们的是小何,她身材高挑,圆圆的脸上笑呵呵的。我们边走边聊,我这才知道种植一茬重楼,从播种到收获,至少得要四五年。基于此,种植场里有各年生的种苗。

我们看到一片滇重楼,总有百亩。它们叶子肥厚,呈暗绿色,看起来光亮鲜活,状态良好,都在五六十厘米高,应该是三四年的苗。

李恒说,当年小何在找到她前走过不少弯路,由于缺乏种苗鉴别能力,造成了严重的亏损。而她现在种的是清一色的正品滇重楼,没混杂一棵别的苗。这里很多细节都是按照指导手册上来的,比如黑网遮阴棚就做得很科学,只在棚顶上铺黑网。别看这只是盖黑网,里面可大有学问。过去很多种植户用黑网把四面遮住,搞得密不透风,像蔬菜大棚一般,这就违背了重楼的林下生长

重楼种植园地(李珍英　摄)

规律,重楼自然长不好。

这时,李老师兴奋地向我招手。原来她发现了滇重楼的果实,它们就像咧开嘴的石榴,里面全是橘红色的种子。

不知何时,驾车的女孩出现在李老师身旁。李恒看到她,拉着她和小何的手说:"大丰收呀!够你们乐的!仅是种子的收入就相当可观啊!你们年轻,学知识快,这下可以把知识转化成生产力了!"

"这都是您教得好,真要感谢您!"小何笑得合不拢嘴,那位女孩也很兴奋,但笑得很矜持。

我看到有许多尚未裂开的蒴果,它们青青绿绿的,像是一个个青苹果。因为果实里种子太多,茎枝承受不了重量,所以用线吊着。

李老师悄悄地问小何:"怎么还不收种子?"

小何说:"种子还没有成熟,不能摘。要等茎叶枯萎,种子红得发黑,才真正成熟。"

李老师又问:"种子成熟了,直接摘下就能种吗?"

"要把包裹种子的假种皮洗干净才能种。种下后,要过两个低温期,第二年才会出苗。"

这时李恒教授说:"你们四个年轻的创业者快站到一起,我要以结满果实的重楼做前景,给你们拍张照片。"

四位年轻人站到了一起,他们的组合令我惊奇——小何、小何的爱人、驾前车的小苏、为我们驾车的小郑。原来小郑也是创业者之一啊。

"你又看走眼了吧?"李老师顽皮地拿我开涮。

真是真人不露相啊!其实早在小郑沉稳地驾车越过一段又一段险路时,我就该发现她是一个经过历练的、坚强的青年。我还越来越觉得她和李恒教授无论外在还是内在都有相似之处,就像师徒。

这个种植场是四位创业青年给老师的完美答卷,也是颁给李恒及其团队

李恒教授在察看重楼的果实。(李珍英 摄)

的奖状。

当师生五人谈兴正浓时,天色暗了下来,乌云逐渐布满天空。罗老师急了,说:"咱们快下山吧,可能要下雨了。"

小何对爱人说:"快去把做实验的重楼根和茎拿来,这些李恒老师都需要。"

李恒却说:"别那么担心,我说没雨就没雨。真下雨了,我把你们挨个儿背下去!"

大家哈哈大笑。

回程路上,车子跑了近4个小时才到达昆明,果然一滴雨也没下。

我对李恒说:"看样子,我这个一米八二的大汉是没有福分让你背我下山了。"

李恒却一本正经地说:"这条路我最少走了几十趟,对它了解得很。台风在广东登陆,到云南已是强弩之末,再加上我们东边有哀牢山作为屏障,所以我算准了台风越不过来!"

第五章　高黎贡山女神

从古南大陆驶来

高黎贡山是中国国家级自然保护区、世界生物圈保护区、三江并流世界自然遗产的重要组成部分,是具有国际意义的陆地生物多样性关键地区和A级保护区。

它是"世界物种基因库",仅种子植物就有4303种,含3938个不同类型特有种,其中有1116个变种是中国特有种,占中国特有种的近30%;它是"世界自然博物馆",位于三江并流处,有火山群、温泉群、东方大峡谷等自然景观;它是"生命的避难所",有众多的"植物活化石";它是"野生动物的乐园",这里仅灵长类动物就有白眉长臂猿、蜂猴、怒江黑金丝猴等近10种,同时还是鸟类王国;它是"东亚植物区系的摇篮",东亚的很多植物在此诞生和分化;它还是"人类的双面书架",作为"自然博物馆"陈列着丰富的动植物资源,作为"人文博物馆"展示着中华民族大家庭辉煌灿烂的民族文化和多姿多彩的民俗风情。

凡有美誉,必有不凡。

高黎贡山的神奇、丰富多彩早已引起世界各国科学家瞩目,成为多学科研究的热点。早在19世纪中期,就有英国人从缅甸进入高黎贡山采集过动物标本。1904年至1937年,美国、奥地利、英国的植物猎人都来过高黎贡山。

我国著名的地理学家徐霞客1638年至1640年在云南对高黎贡山进行考察,做了简要的记述。他从云南回去后,于1641年3月8日逝世。到高黎贡山考察、采集标本的国人,当首推著名植物学家俞德浚和蔡希陶、王启无,他们于20世纪30年代先后到高黎贡山,之后是冯国楣。他们撩开的高黎贡山神秘面纱的一角,令人心醉神往。

这些拓荒者的发现,不断给世界带来惊喜,高黎贡山成了动物学、植物学、地理学等学科的研究热点。

然而,由于高黎贡山险峻的地理环境,关山阻隔,交通不便,很多地方是无人区;而且这里是十多个少数民族的聚居区,语言复杂,交流困难;经济不发达,至今仍然披着厚重的神秘面纱。因而,对高黎贡山的植物一直缺乏系统的研究,神秘具有无穷的魅力,对植物学家来说更是如此!

她为了攀登这个高峰,已用了30多年的时间,筑就了一级级的阶梯,以独龙江植物考察、天南星科和重楼及湿地水生植物研究……构建了她登顶的一座座大本营。她在等待着时机登顶。机缘出现在1996年,那年,国家自然科学基金立项,她负责主持一系列对高黎贡山植物的考察、研究,率领自己的团队及美国、英国、德国的植物学家,进行20多次大规模考察,开始向主峰冲刺,直到现在。

我是从一棵树——世界上独一无二的大树杜鹃王,开始神往、认识高黎贡山的。30多年来,我总是试图向朋友们介绍高黎贡山,然而效果并不如意,因为这座雄伟的大山总是耸入云霄,偶尔掀开一角,又丰富得让你眼花缭乱。从不成功之中我渐渐悟出了一个比喻,或许能窥其一斑:高黎贡山犹如一艘气势磅礴的巨型游轮,游轮上有无数的客房。千万年前的一次地壳剧烈变动,突然把它从古热带的大陆,向北推进了450千米,把满载的"客人"(原住居民)——各种生物,从热带带到了温带安家落户。这些原在热带生活的"居民"陡然来到温带,就要和当地的"居民"相处、融合,适应温带的气候以及生存的条件……以"绿色居民"来说吧,在这个过程中就产生了很多新种和变种,这造就了高黎贡山丰富多彩而又奇特无比的植物世界。

虽然正如前人所言,任何比喻都是蹩脚的,但有了这个比喻,则能使读者朋友们更容易了解下面这段描述:

高黎贡山在青藏高原南部,一山挟两江——西为伊洛瓦底江,东为怒江,它是横断山脉最西的一座大山。在地史上,高黎贡山所处的掸邦-马来亚板块,在中生代2.5亿年前至6600万年前与中国大陆缝合,成为东亚大陆的西南缘。由于印度板块与青藏地块的碰撞,中新世(2330万年前至533万年前)以来,掸邦-马来亚板块从赤道热带向北移动了450千米,并发生了右旋,使高黎贡山再度活化,强烈隆起,成了垂直高差4000米以上的断裂纵谷。这种极为独特的地貌,使这里的生态环境变得丰富多彩,形成了宏伟的垂直自然景观和立体气候,一系列生物效应也由此产生,其中就包括特殊的植物地理现象。有人用"它涵盖了我国从海南岛到东北的所有植被"来概括这里的植物多样性。

用巨型游轮上旅客居住的房间来比喻它极为独特的地貌和丰富多彩的生态环境,只能算是高度的概括。其丰富的物种多样性和雄奇景观却源自造物者的任性挥洒,人所能从中体会到的惊艳超出任何一个伟大建筑师的作品,或浪漫诗人创作出来的诗篇所带来的艺术享受,仅用普通的语言完全难以描述,更不用提它还有火山群,以及喷涌不息的各种温泉和地热。

李恒这次考察的首要任务,就是要搞清楚高黎贡山这艘巨轮上的"客人"的身份、脾性、前世今生,然后找出"客人"与"客人"间的关系,绘制成一幅植物的版图。

人们总想设计自己的生命长度,希望它无限延长,但只能是痴心妄想。然而人们可以把握自己生命的厚度和宽度,丰富生命的意义,迸发生命的华彩。

其时,李恒已经67岁了,按国家的相关规定,她早就应该退休,颐养天年,她却坚持继续向理想迈进。她以30多年来在植物学研究中的成就为探索高黎贡山植物世界构建的阶梯和营地,特别是,以她对这座大山地质变迁与生物的关系的感悟,她成了众望所归的统帅。

她已在标本馆中阅读了拓荒者俞德浚、蔡希陶、冯国楣采集的标本。这些标本都收藏在昆明植物研究所,是学习,也是继承。1995年,她更是远涉重洋,到苏格兰爱丁堡皇家植物园读福瑞斯特从高黎贡山采集的标本。这位植物学家在高黎贡山及滇西北采集标本20多年,爱丁堡植物园有专门收藏。据说至今仍有很多标本未加整理,有的甚至还被加了密封存。植物标本是财富。她在阅读标本时发现了一些有趣的事。譬如,有的标本是数十年前在高黎贡山片马采到的,但直到1995年李恒研究后,才给了它合法的名称。其中有一种茜草科的植物,还引出一段故事,留待后文再述。

主持这项浩繁的考察,且有国际上的植物学家参加,吃、喝、拉、撒、睡样样要管,也是系统性的工程。除了研究所的鼎力支持,到了野外,这些就是李恒的事了。

1996年6月,李恒与爱丁堡植物园的植物学家在高黎贡山北段和中段的贡山、福贡、泸水一线采集标本。这次考察历时近30天,采得不少标本。

1997年9月,李恒率领中国、英国、美国、澳大利亚四国的植物学家再到贡山、福贡、泸水考察,采集标本。这次考察历时45天,令国外的植物学家大开眼界。

1998年10月,李恒又一次率领中国、美国、澳大利亚的二十多位植物学家出发。这次的考察区域有三片:第一片在高黎贡山中段泸水的片马、岗房、上江、灯笼坝;第二片地跨东坡和西坡,在高黎贡山南段——保山市的怒江两岸,从海拔600多米的河谷地带——炎热的潞江坝,到海拔2000米左右的百花岭、坝湾、赧亢、龙陵的小水河、分水岭、大蒿坪;第三片从东坡到达西坡腾冲的热海、火山石、曲石、界头、大塘等地。三个区域横跨高黎贡山东西两坡。

这次考察历时 39 天,共采得 1542 号标本,每号 7 份,共计 10794 份。

这次从高黎贡山回来不久,这位坚强的女科学家不得不住进了医院——血压升高。是的,考察的目的地虽然她几乎都走过,队员们也不会让她跋山涉水,但她把最繁重的工作承担下来了——审视从野外采来的标本并分类,每天从夜晚工作到第二天的凌晨,否则就无法给第二天出发的队员提供路线和采集的意见……能胜任这份工作的人并不多。再说,经过一天的跋山涉水的野外作业,谁不累得够呛?她又是异常顾惜学生和同伴,总是撵着他们去休息。但她毕竟已近古稀之年!除了纪运恒,还有她的好几个学生都对我说过,我们比她年轻,比她扛得住风雨、酷暑,但在野外,不知哪里给了她力量,我们都拼不过她!只有一种解释:理想让她前行不止!

门外汉总以为采集标本只是"采花掂草"。其实,要采到心仪的标本,那无异于大海捞针。

小李也是李恒的学生。那年在保山至腾冲公路的一侧考察,正是白花泡桐盛花时节,一片高大的泡桐树上,顶着如银的花冠浮在绿海上,弥漫着馨香。正在他看得心醉时,几朵异样的花从花海中跳出。那花和泡桐相互交错。好像是高枝箭。他要采下这个标本。泡桐树干笔直,高大且光滑,他努力几次都未成功。

小李再次打量这几朵与大树交错的花,又试了试一根藤子的承受力,想借力把它扯下来,总能找到一朵完整的花,但试了几次都不成功。他运了运气,猛地往上一蹿,抓住藤子,想借助体重扯下它,结果藤子断了,他嘭的一声跌倒了。

不知过了多长时间,小李似乎听到了鸟鸣声。"我先想是不是还活着。不错,还活着。再小心翼翼地扭扭腰,还好,腰没断。腿也没断。但浑身疼得爬不起来,只好躺着。天空怎么一片模糊?眼镜没了……

"除了来吃花蜜的鸟的叫声,四周一片寂静。听不到同伴的声音。

"等到终于能坐起、站起时,我赶快在地上摸索眼镜——我高度近视。还算好,眼镜找到了,等到看清,我吓出了一身冷汗——天啦,再差一步,下面就是个大悬崖!我捡了一条命。还捡了两朵完整的花,跌了一跤也不亏。赶快去追赶队伍。那天还真不顺,一个老外跌坏了腿,我又急忙拦车把他送到腾冲医院。"

时隔多年了,小李在向我说起这段事时,仍心有余悸。

小李的经历与其他危险相比,只是考察中并不罕见的一例。

李恒还向我说起一起事故:

这次对高黎贡山的考察是综合考察,分成三组:动物、植物、历史(化石)。高黎贡山西北有一片嵌在缅甸的北部,那里的动植物分布情况研究一直是空白。

李恒在谈到考察中所遇到的危险时,说独龙江的蛇多——有一晚去丙里,途中竟遇到70多条蛇。幸而采取的措施得当,没有出过大的危险。但那次到缅北考察,一位美国朋友就没这样的幸运了。

他是研究两栖爬行动物的。他抓到了一条蛇,仔细观察,描述生境和蛇的形象……忽然,他说被蛇咬了。同伴们连忙采取紧急措施,并以最快的速度把他送到医院,但没能救过来。很可能是因为那里太闭塞,交通不便,延误了时间。后来,为纪念他,还专为他设立了一个基金会……

2000年6月,李恒再次率领美国、英国的植物学家,以及昆明植物研究所的刀志灵、王仲朗等,进行大规模考察。这支队伍有十多人,在贡山历时42天,共采得标本1480号。

2002年4月,李恒再次率队来到高黎贡山北端的贡山考察。这次虽然只有四五人,但都是精兵强将,有纪运恒、李嵘、梁宏宾。纪运恒博士曾对我说:"我跟随李老师在高黎贡山考察十多次,这次的印象深刻。我们沿着去独龙江的公路缓缓推进,从巴底向茨开……沿途没有村寨,地貌又特别复杂。营地也随着每天的行程移动。时值雨季,身上很难穿到干衣服。

"那晚,我们在公路边露营,睡得很沉。突然感到背上冰凉,惊醒了,这才发现山上冲下的水流淹到了帐篷,慌得大家跑出逃难。幸而不是山洪,若是山洪,不知要把我们冲到哪里!深夜很冷,冻得我们瑟瑟发抖。

"野营也有野营的乐趣。也是夜里,迷迷糊糊中感到帐篷顶上有异,一会儿动静不小,帐篷摇动,一会儿又是沙沙声。我蹑手蹑脚地起来,拉开拉链一看,嘿!好几只身躯庞大的家伙,正把头伸在我的和对面的帐篷上。别说张口咬了,只要抬起蹄子,帐篷不给踩扁了才怪。我连滚带爬跑地了出来。

"一看它们头上的犄角,好奇心上来了——它们是扭角羚,只有它们的角才长得扭来扭去的。嗨,它们在舔咬我们晾在帐篷顶上的衣服。虽然它们不是食肉动物,但每只体重都有四五百斤,惊得我大叫一声。它们跑了。可还是有一只用角挑走了衣服。睡在对面帐篷的人就没这样幸运了。

"他们刚冲出帐篷,有一只扭角羚就跑了。还有一只没跑几步,停住脚望着帐篷,似是恋恋不舍。大家又喊又叫,虚张声势。谁知它却回头向喊叫的人冲来。它虽在下坡,但这家伙身大力不亏,头上又长着'利剑'……吓得他们没命地往上坡的密林中扎去……

"大家惊魂未定,都很诧异于扭角羚的行为。它是国家一级保护动物,在川西、陕西秦岭都有分布,栖息在高黎贡山的是一个亚种,在科学研究方面具有重要的意义。它们平时生活在高山,是什么引得它们深夜来到海拔较低的这里呢?而且对他们的衣服很感兴趣!正在议论纷纷,不得其解时,有谁喊了一声:'是来舔盐的!'

"大家这才如梦方醒。扭角羚和独龙牛相似,因需要矿物质和微量元素,有舔盐的习惯。大家每天在山野活动,一身汗,一身水,积了盐渍。动物对自己的需求特别敏感。骆驼在沙漠中行走时,几十里路之外的水汽都能嗅到。

"案情终于大白。后来,我们再也不把衣服晾在外面了。有时还在营地的附近放些盐。

"73岁的李老师虽然不是每天都跟着我们跑,但她时常来给我们送些新鲜蔬菜,再拿些标本回去压制、鉴定。天南星的新种贡山丹珠和重楼属的新种独龙重楼、皱叶重楼……就是这样发现的。"

2002年,李恒派博士生小李去高黎贡山主峰——北端的楚鹿腊卡峰一带去考察、采集标本。楚鹿腊卡峰海拔5128米。

小李瘦挑个子,精干,话不多。由于楚鹿腊卡峰山高谷深,自然环境恶劣,人迹罕至,组织的队伍较庞大,加上民工有二十多人,计划行程8天。

向导是贡山县保护局派来的。那条路都是在嶙峋的山崖上盘旋,迂回,又是多年没人走的,连野羊的足迹都难以找到。再加上高山气候多变,好不容易走到第三天,却发现迷路了。向导和从当地请来的民工各执一词。在这森林和高山迷路,是野外工作者最害怕的事。

怎么办?小李眺望着楚鹿腊卡峰,雪山耀目,无边的森林、开满鲜花的草地、蔚蓝的湖泊……大自然的和谐之美激得他热血沸腾。是的,他已跟随李教授在高黎贡山跋涉数年,但这难得一见的高山的壮美,还是激起他无限的向往,他想起了老师的嘱托……

他终于下定决心,要率领这支队伍走到目的地。摆在面前的首要问题是粮食。所带的粮食是按8天计算的,迷路之后,等于浪费了宝贵的时间。但在这样的高山野岗,到哪里能找到粮食?然而,他要对参加考察的每位队员负责。

思来想去,他找来几位队员,将自己的计划提出来商量——既然无法开源,只有节流了。当然,爬山采标本、背标本、背帐篷是重体力活,人是铁,饭是钢,还是要保证大家能吃饱。唯一的办法是减人,让一部分人先回去,将他们的任务分摊给留下的人。

讨论的结果,这是最优的方案。

然而,走到第六天,还是快断粮了。正当大家揪心时,幸运地遇到了一位来高山采药的人。孤身一人敢到这样的荒野采药,也是位狠人,更说明这里植物的特殊。向导找到了他。但是,他所剩的粮食也不多了——一位药农能带多少粮食?

向导突然看到采药人带来一匹大青马,似乎看到了希望。果然,采药人还带了马饲料——豆粕。所谓豆粕,就是豆榨完油后剩下的糟粕。牧民常把它当作精饲料,在牲口承担繁重任务时才掺到草料中。

向导和采药人商量,要买他的马饲料。采药人面有难色,既给马加精饲料,说明路途艰难,也是为了保命。

(我想起2000年,我们在从西藏昌都到八宿的途中,傍晚时,吉普车突然断油抛锚了。天黑,两旁高山挤得蓝天一线,前不着村,后不着店。我们只得拦车讨油。可几辆车的师傅的回答都是"油是保命的"。我们总不能要用别人的命来保自己的命吧,只能数着星星,听着野兽在山峦吼叫。)

向导耐心地说明自己是考察这里的植物的,提出他可以提前下山回去,考察队将补偿他误了采药的损失。

那一晚,他们把豆粕混在大米中煮饭。大家实在又累又饿,连帐篷也懒得支架,蜷缩在山洞中过了一宿。

第七天晚上宿营时,却发现了怪事。昨天还看到一个蓝莹莹的大湖,映着雪山的倒影,美得大家挪不动脚步,今晚却只听到山下流水的哗哗声,怎么也找不到水。水是生命的源泉,没饭吃能扛几天,但干渴难忍。不说别的,晚上煮不成饭呀!常说:人头上血,山头上水。在山里怎么可能找不到水呢?其实,这在野外并不罕见,否则就没有"远水解不了近渴"之说了。更何况这里已是海拔4300米,又是山脊处。选在山脊露营,是因为前两天夜里下大雨,将睡觉的气垫漂起来了。

找了很久,才找到一个小水凼,冒着难闻的怪味。队员们只得用纱布慢慢滤。这顿晚餐烧了一锅怪味豆粕大米的饭。

然而收获是丰富的,这里生长着多种高山植物。其时正是高山草甸中野花争艳的时节,灰毛蓝钟花、点花黄精、报春……重楼、三七特多。他们还采到了一种丫蕊花,是百合科的,后来发现它还可以作为重楼的替代品。

湿地被誉为"地球之肾",生物多样性丰富,是地球上独特的生态系统。高黎贡山海拔2800米以上的地段,大都有4至6个月的积雪期,因而形成众多沼泽。沼泽也是湿地系统,但过去的研究尚有较多的空白。李恒当然不会忽略,她的《大哈错沼泽湿地的植被和植物区系》一文很有代表性。这个沼泽在高黎贡山西坡,海拔3120米至3333米之间,分布着大片的腾冲箭竹、苍山冷杉,丰富的沉水植物、狭叶苔草、短穗白珠、珠芽蓼、红花龙胆……虽是深秋了,却有各色花朵绽放……木本植物以落叶为主,竹类也是落叶型的。竹子成了落叶植物,大概只有在高黎贡山才能看到。

李恒对高黎贡山北端的重视是显而易见的,在这里采到标本的珙桐、水青树、贡山竹、木荷、贡山九子母等都是珍稀物种,这也从一个侧面说明了这个绿色世界资源的丰富和独特。

2004年4月至10月,75岁的李恒率领英、美科学家和自己的团队,在高黎贡山进行了四次大规模的考察。这一年也是最艰苦、采集标本最多的一年。

红木荷(施晓春 摄)

10多年来,李恒对高黎贡山进行大规模考察有20多次。据粗略计算,她在野外度过了五六百天。其实,还应该加上她1990年那次在独龙江历时8个月的越冬考察。她用几十年去认识这个神奇的绿色世界,与其相处相融。高黎贡山的风霜雨雪染白了她的双鬓,她的血汗滋润着高黎贡山的植物。我们完全有理由这样赞美李恒:

如果有谁能叫出高黎贡山每种植物的名字,那一定是李恒!

如果有谁能准确地说出高黎贡山某种植物生活在何处,那一定是李恒!

如果有人问如何保护和利用高黎贡山的植物,那一定是李恒的回答最完美!

李恒、郭辉军、刀志灵主编的《高黎贡山植物》,2000年由科学出版社出版。这部巨著共有1344页,260多万字。严格说来,这只是高黎贡山生物多样性及可持续发展研究的阶段性成果。李恒在2000年之后还一直去高黎贡山考察,当时她仍有书稿待出版。我们2018年9月去看她时,89岁的她正在撰写关于高黎贡山植物资源及其保护和利用的新著,已写了30多万字。谈及此,她脸上溢满了孩子般的笑容,闪耀着对生命的赞美。

我曾经问过李恒当年的几位学生(现在他们都已经是博士、研究员了),李恒对高黎贡山植物研究的主要贡献究竟在哪里。尽管他们言语各不相同,但表达的意思无外乎以下几个:

第一,采集了31516号标本,鉴定出高黎贡山仅种子植物就有4303种和变种,而之前仅记录有六七百种。李恒开创了研究新纪元,证明了高黎贡山是名副其实的物种基因库。李恒还在摸清家底的基础上,对高黎贡山的植物资源、植物地理、植物多样性等方面进行了系统的研究,进而提出了环境保护措施,并为科学利用提供了依据。

第二,深入研究了高黎贡山生态环境、植物区系特征及特有科分布的规律。

第三，首次研究了高黎贡山地区栽培植物的来源和经济价值、外来入侵植物的危害及其防治。

其实在2002年我和她第一次相识时，我也问过同样的问题。她跟我说自己成功解释了高黎贡山生物丰富多样、独特的成因，那是由于掸邦-马来亚板块碰撞，将原本在古热带的高黎贡山向北推进了450千米并发生了右旋，造就了该地区极为独特的地貌和丰富多彩的生态环境，随后导致了一系列的生物效应，形成了非常奇特的生物地理现象。原来的热带植被和植物区系，被温带植被和植物区系所替代，并形成了一条滇西北—滇东南走向的生态地理对角线，使高黎贡山许多植物仅能在对角线以西或西南的一侧继续生存、繁衍和分化，如绒叶木姜子、羊腰子、贡山栎、长蕊木兰、沙巴酸脚杆等。

她把4000多种子植物一一分类，再一一填到相应的地图上，得出了高黎贡山是东亚植物区系的摇篮和大本营的结论：中国植物有16个东亚特有科，高黎贡山就拥有其中10科。其中十齿花科、九子母科、旌节花科等东亚特有科属均起源于高黎贡山。

依照她的研究，她将高黎贡山植被类型分成了8种：

一、热带季雨林。分布在干热地区的地带性植被，植被以喜热性的常绿、小叶、革质叶植物为主，掺杂了不少落叶阔叶树种，主要树种有高山榕、麻栎、八宝树、秋枫等。

二、亚热带常绿阔叶林。高黎贡山是我国常绿阔叶林保存得较为完整的原始林区域。常绿阔叶林主要分布在海拔2600米以下，上部与铁杉针阔混交林相接，植被以壳斗科、樟科、山茶科、木兰科、金缕梅科植物为主。其中又可分为季风常绿阔叶林、湿性常绿叶林、半湿性常绿阔叶林、中山湿性常绿阔叶林四个群系组。其中，季风常绿阔叶林又分为两个群系：一个分布在受干湿交替季风气候影响的最南端、海拔1500米以下的低山河谷地带，具有热量丰富、干湿交替明显的生态环境特点，是一种以壳斗科常绿植物为主体的阔叶

半常绿季雨林(杜小红 摄)

针阔交替地带(杜小红 摄)

森林,林下具有茜草科、番荔枝科植物较多,草本植物发达,附生植物特别是苔藓附生植物较少等特点,这种林叫半湿性季风常绿阔叶林;还有一个叫中山湿性常绿阔叶林,其中生长着青冈栎、润楠、薄片青冈、石栎等,物种较为丰富,林相多姿多彩。

三、硬叶常绿阔叶林。仅分布在高黎贡山北端东坡怒江河谷一侧,海拔1700米至1900米。主要树种有尖叶木樨榄和铁橡栎。它们的叶片是典型的旱生构造,常绿且硬,具茸毛,少光泽,对冬季干冷气候有较强适应性。

四、落叶阔叶林。分布在高黎贡山南端海拔1000米至2000米。主要树种有栓皮栎、大叶栓皮栎、桤木、桦木、野核桃等。

五、针叶林。主要树种有温湿性针叶林的云南松林、乔松林,温凉性针阔混交林的铁杉林、华山松林,还有寒温性冷杉林的苍山冷杉林、长苞冷杉林。

六、灌丛植被。这类植被是无明显主干的植物群落,主要分布在高山、亚高山、山顶。然而在河谷地区,因人为破坏,常有大片次生灌丛出现,可称之为干热河谷次生灌丛,主要生长着灰毛浆果楝、虾子花。寒温性阔叶灌丛中主要生长着地檀香、高山杜鹃等。

七、草丛。主要有类芦高草、毛蕨菜草丛。

八、草甸。仅在海拔3000米以上的山顶、山脊缓坡有片段生长,主要有蒿草和杂类草草甸。

纵观高黎贡山的森林植被,李恒认为常绿阔叶林的群系类型最为

高山针叶林(杜小红 摄)

高黎贡山女神

旱季高山草甸与针叶林（杜小红 摄）

多样。这种森林仅以加厚叶组织和叶面蜡越冬，因而叶面革质、光滑，多无茸毛。小叶型植物较多，而且还具有叶面常随太阳垂直转动的特点。其中既有以栲树属为主的季风常绿阔叶林类的刺栲群系，也有以樟科植物为主的湿性常绿阔叶林类的润楠群系。其分布范围从辽阔的山地，到怒江、独龙山、大山东西两侧坡面，以至河谷部，直到海拔 2000 米处，甚至与东喜马拉雅、缅甸北部连成一片。高黎贡山无疑是常绿阔叶林发育得最好、保存最完整的区域之一。

2002 年，从其期回到贡山，我初去拜访李恒教授时，她就问我："看到秃杉了？"我说看到了。她说独龙江也有。秃杉是第三纪的古老孑遗植物，为我国一类保护植物。

我们在独龙江看到了秃杉和常绿阔叶树组成的森林，但无论如何，都没

湿性常绿阔叶林（杜小红 摄）

有在其期与秃杉相遇时给我的震撼大，更没有那片天然林的壮阔和古老，我想还是应该追忆、录下：

在普拉河谷六七个小时的跋涉，使我们饥渴难耐，十分疲劳，特别是李老师还瘸着腿。每当这时，小何总是用"快了，秃杉就在前面"来激励她。

雨已彻底地停了，山谷中却不见亮堂起来。云疏处偶尔还可依稀见到淡淡的星影。

就在路中间，一棵两人环抱不了的树的赭色树干上，在齐胸处，捆绑着一周护树的竹片，但还是露出了刀痕、被剥去树皮的残迹。我抬头想看清树冠……小何说这是棵秃杉！我心里一惊。他说这是在山里讨生活的人干的，因为秃杉树皮易引火。人啊！何时才能抛弃愚昧？

虽然天色晦暗,我还是明显地感到跨进了阴影。正顾盼时,我发现左上方巨木林立,就在头顶的崖上。

我只得向旁边退后几步,才能稍稍看清。一棵巨树奇粗奇高,树干笔直,无一权枝,直到20多米高处才伸枝展叶,树冠稀疏,但是片片如云状。再看树干,色为赭红,油亮亮的,闪着旺盛的生命力。这一切都在说:我是秃杉王!

崖很陡,我们只得绕行再攀爬。

我们瞻仰着这位"巨人",犹如瞻仰一位伟人、一座丰碑、一座殿堂,心头响起生命壮美的交响曲……我们久久地屏声息气地立在那里。

到了它的身边,勃勃的生机、昂扬的精神,激得我们血液沸腾,纷纷向前紧紧地拥抱——拥抱着自然,拥抱着历史,拥抱着生命……我感到了它的律动,感到了它的温暖,感到了它汩汩的血液。

可我们五人还未能环抱其一半,这位"巨人"的胸径当在3米以上,其高至少有四五十米,其寿应是1000多岁。

是的,它无一块节疤,"肌肤"光润,青春焕发,虽历经1000多年的风霜雨雪,却未染上一丝历史的尘埃。是什么使它依然生机勃发?

生命有时是那样脆弱,生命有时又是这样坚强!人们感叹生命的悲壮,我却百倍地为生命的壮美歌唱!

每当我瞻仰生于千年之前,至今依然鲜活的生命时,我总是禁不住心潮澎湃!

这是一片神奇的土地,林木丰茂。左上方10余米处,还有一棵巨大的秃杉,虽然与秃杉王比较它只能是子孙,但胸径也有2米多。

右上方,还有一棵黛色巨树,那是马蹄荷,沧桑倔强,叶大如扇,胸径至少2米。

啊!大自然,你何以在这方圆不到百米的地方,长出了三棵巨树?这是一块神奇的土地,蕴藏着丰富的生物能量!这对于人口日益增长的世界,是多么的宝贵!

小何指着河对面的山坡说:"那是片秃杉林海,你的赞美词得省着用。它们和阔叶林混交,其中有红花木莲、青冈栎、银木荷,这片生有秃杉的林子大约有13公顷,常是七八棵成片,高踞云霄,那里有比这棵秃杉王更高更粗的超级巨树!"

是的,巍巍秃杉与天相接,汪洋、浩瀚!

我发现对面森林中自上而下有一条间隔带,间隔带上只有杂草、小灌木,于是问:"那是砍出的防火隔离带?"

"不,那是一次规模宏大的泥石流造成的,宽有六七十米。暴雨如注,山体崩塌,泥石相混,摧枯拉朽,奔腾而下,所过之处,原始森林被扫尽……"

啊,大自然!

秃杉为杉科台湾杉属。一种产自我国台湾,称台湾杉。另一种称秃杉,贵州、湖北也有分布。生长在高黎贡山的天然秃杉林,树龄多在300年至500年,树高多在五六十米,树干挺直,分枝较高,树冠相对较高,成塔形。

秃杉是速生、高产的树种,腾冲那边50多年前种植的人工林,据测定,每公顷有1300立方木材的蓄积量。秃杉是美观、耐腐、不易被虫蛀的优质木材。

高黎贡山的植物资源是丰富多彩的,属国家一、二级保护的,据不完全统计有桫椤、秃杉、大树杜鹃、澜沧黄杉、贡山三尖杉、长蕊木兰、水青树、云南黄连、黄牡丹、云南山茶、滇桐、十齿花、光叶珙桐、伞花木等17种;属国家三级保护的有扇蕨、云南榧树、红花木莲、贡山厚朴、瑞丽山龙眼、千果榄仁、红椿等10多种;属云南省级保护的有云南红豆杉、舟柄茶、毛尖树、独龙木姜子、荷包地不容、冬海棠、滇结香、深红树萝卜、滇西紫树等40多种。

李恒将由于板块冲撞,把高黎贡山这艘"巨型游轮",从古热带大陆向北推进450千米,到达温带大陆所载"客人"的户籍查清、建档,同时一一归入了不同的区系。她的后续工作是要把其中最优秀、奇特、稀有、珍贵的"客人"

列出来。它们是这一地区植物世界繁荣昌盛、丰富多彩的标志。

还是说种子植物吧：

到1999年为止，考察发现高黎贡山有种子植物4303种和变种，含1938个不同类型的特有种，占总种数的45.04%。

高黎贡山的4303种种子植物中，有中国特有种1116种和变种，占总种数的25.94%。所谓中国特有种，是指只生活在中国而境外所没有的。

桫椤，国家二级保护植物（施晓春 摄）

十齿花，国家二级保护植物（施晓春 摄）

其中只生活在高黎贡山的有434种,也即是只生在高黎贡山的特有种,分布在种子植物88种201属中。

高黎贡山特有种的分布现象和规律也是挺有意思的:

高黎贡山种子植物共有210科,但特有科只发生在88科内,余下122科没有分化出特有种。这说明高黎贡山的生态环境对许多科,都存在着诱导新生物种出现的作用。如三尖杉科和买麻藤科各分化一个特类群——贡山三尖杉和无柄垂子买麻藤,木兰科的有贡山木莲和独龙含笑等。

特有种出现最多的是杜鹃花属的50种,如大树杜鹃、香花白杜鹃、贡山杜鹃等。杜鹃是一种古老的木本植物,在这样狭小的地域内竟然有如此多的特有种和变种,足以说明高黎贡山是"木本花卉之王"杜鹃的分化中心。

高黎贡山植物特有种的密集度与纬度的高低呈正相关——北密南疏。北部的察隅有51种,贡山有318种,福贡有73种;南段腾冲有71种,南部的保山有19种,龙陵仅有11种。很显然,分布于北部贡山的特有种是分布于南方腾冲的特有种的4.4倍。这与一般说来植物分布南方比北方较为丰富不同,可见高黎贡山植物的丰富和独特,以及珍贵——这是大自然赐予人类的宝贵财富。

高黎贡山4303种种子植物中,有379种为云南特有种。

高黎贡山植物列入国家级保护的有43种,列入省级保护的有45种。

从1116种是中国特有种不难看出,高黎贡山蕴藏的种质资源是多么丰富!这是人类须臾不可或缺的生活资源。李恒认为,对它们的保护和利用,应是将来的研究重点之一,她建议在合适的地方,建立高黎贡山特有、珍稀植物园。

谈到对高黎贡山物种的保护,李恒时而兴奋,时而沉重地说,物种的特有性,是指某些分类单元仅在该地区范围内存在,在其他地方不存在。若是这些物种在该在的地区消失了,那也就是说,这个物种在地球上灭绝了。无论从哪方面说,特有种都应该受到特别的保护。

她的话,让我想起了1981年4月,也是在昆明植物研究所,冯国楣教授说的:在浙江新发现一种低海拔的冷杉树,只有4棵,但去年被人砍掉1棵,若再不保护,这个物种在全世界就要灭绝了。普陀山有一棵特殊的鹅耳枥,全世界就只有这一棵。

无限风光　保山茜　白眉长臂猿

很多朋友跟我说过李恒和保山茜的故事。

一份资料说,在高黎贡山百花岭澡塘河发现"目前世界上记录到的纬度、海拔最高的"热带雨林,但有人质疑它的真实性。此外,离百花岭不远的赧亢生存着一群白眉长臂猿,这也让我非常疑惑——按理说白眉长臂猿应该栖息在热带雨林,而分布在赧亢的是亚热带常绿阔叶林呀。这一切传言都使我想重返高黎贡山一探究竟。

机缘巧合,2018年12月,高黎贡山国家级自然保护区保山管理局要举办拙著《续梦大树杜鹃王——37年,三登高黎贡山》的新书发布会,姜明局长邀请我去。我很想和这位高黎贡山的守护神促膝长谈——他一定有许多故事。

姜明,40来岁。刚见面,他那黧黑的面孔就让我感到亲切——凭着一般人没有的直觉,那栉风沐雨的经历所留下的痕迹立马打动了我。我与常在山野里为保护自然奔走跋涉的人见面时,总有种难以言表的亲切感,这大约就是心有灵犀吧。

从高海拔的保山往低海拔的怒江大峡谷走,那是另一种视角和心情。虽是冬季,但早晨,保山街上的行人只是在衬衣外披件外套。即使我们是从北方来的,且是"80后",也脱去了厚衣,改穿单薄的毛衣。到了怒江边海拔600多米的潞江坝,我们便连单薄的毛衣也穿不住了。

我这次特意将行程路线从低海拔往高海拔安排,目的就是感受植被的变化,希望这一路的经历能让我解开疑惑,对李恒等人主编的《高黎贡山植物》有更多的理解。

枯水季节,怒江水色青青。隆阳分局的副局长李家华指着江对面说:"看到了吧,怒江在这里拐了个U形的弯。伸出的那个半岛上有一片特殊的森林,被认为是季风雨林。"潞江坝海拔低,为干热河谷气候。

路两旁的行道树上盛开着羊蹄甲花,还有紫色、艳红的三角梅,地下落英缤纷,车子犹如在花海中穿行。与我们同行的湖北科技出版社的罗萍、胡博、阮静,还有我们工作室的周玲、陈照娣纷纷说:"这真是丝路花雨,太美啦!"

车驶了一段时间,忽然听到"有橘子"的叫声。大家循声向窗外望去,路旁果真是连绵的橘园,金黄的果子挂满了枝头,十分诱人,馋得我们心和身都走不动了,要求车子停下。

进到橘园后,里面是另一番景象。主人喜滋滋地对我们说:"你们尽管吃,管饱。我们这儿是热带水果之乡,橘子、柚子、番木瓜、西番莲、蛋黄果别有一番风味。等你们回到北方再吃,就没这个新鲜味了!"

虽然嘴馋,但大家还是纷纷先为眼前的美景而驻足,静静地欣赏着绿叶中流光溢彩的果实。它们看起来像绿海中的繁星。脐橙的样子好似不倒翁吊在枝上荡秋千,它身旁青黄色、椭圆形的柠檬也显得格外可爱,简直个个都是艺术品!

等过足了眼瘾,大家才你一个我一个地吃起果子来。待大家品尝尽兴之后,有人发出感慨:"我今天才算尝到橘子和柚子真正的滋味。北方的水果大多不是自然成熟的。""桃子、苹果的故乡也都是在中国。这是英国植物学家威尔逊说的。他在中国考察了10多年,写了本书《中国——园林之母》,其中还说他就从中国引进了1000多种植物到西方。"李老师现烧热卖,不久前她才读到这本书。

或许是大家的感慨触动了郑云峰吧,他说:"跟我走吧,再让你们认识认识这里的植物世界。"

听他这么一说,我们都弃车步行了。沿着山坡向上,小陈突然指着路边的树说:"木瓜!结了这么多!都在树干顶上,下面是开始黄的,上面是青的,一直还在开花结果哩!这就是我们平时吃的木瓜?怎么和你家院子里的木瓜不一样?"

李老师说:"这种木瓜在热带和南亚热带,四季都可以吃到它的果实,所以又叫万寿果,在北方看不到。正确的名字应是番木瓜。这个'番'字已说明它是舶来品,是从国外引进的。我们院子里的木瓜,就是《诗经》里写的'投我以木瓜,报之以琼琚。匪报也,永以为好也'中的木瓜,春天一树粉红色的花,熙熙攘攘,像海棠花一样美丽、热烈,它的学名似是叫贴梗海棠。秋天果子熟了,金黄灿烂,诗人以玉喻它,摆在案头,经久幽香。你们刘老师为认识它闹过大笑话——错把在福建漳州买到的番木瓜当成《木瓜》一诗中的木瓜。直到几年后才在宣城药农那里看到真正的木瓜。它是一味中药,以宣木瓜为正品。正因为有这段故事,他才特意栽了棵木瓜,既是欣赏,也警醒自己应该认识真实的自然。"

她边走边说,话音刚落,小周又发现了新奇,迫不及待地问郑云峰:"这灌木上结的是什么果子?青的、酱红色的,像一颗颗珠子。"

这是一片种植园,占据了整整一面坡。

潞江坝的橘园(周玲 摄)

西番莲的花朵（周玲　摄）

"你肯定喝过，著名的饮料……"

"咖啡豆？"小周恍然大悟。

"还能是红豆？小粒咖啡。"小郑说。

"怎么是这样酱红色的？我见过青色的，没想到它换了个'马甲'。"

"这是这里重要的种植业，现在已出口到好几个国家了。"

北方来的几个人都摘了几粒红透的咖啡豆装进袋子里。

咖啡园的主人用各种不同口味的咖啡招待大家。有种"猫屎咖啡"，是将咖豆作为饲料喂麝香猫，再把麝香猫拉出的未消化的咖啡豆烘焙、研磨、烧煮，价格比一般的咖啡高出不少。商人总有奇招去赚钱。小周感慨："别再迷信进口咖啡了，这里的味道就很好！"

木棉树高大雄伟，没有一片绿叶，全是火红火红的花朵，如一片红云浮在森林的上空。它是喜热树种。

我问李家华："这里原来应该是热带雨林吧？"

"听老辈人说，这里原来林木参天。考察这里的植被时，确实发现了不少热带树种。只是后来人来了，砍掉了森林建农场、种庄稼。从这一路走到澡塘河那边，就是一堂生动的人与植物争夺生存空间的课。你看，早晨的保山乐得武汉来的罗萍、小阮、小胡他们惊呼：'天好蓝啊，湛蓝湛蓝的，衬得云也白得耀眼！好久好久都没见过这样的蓝天白云了！'可一到河谷，就弥漫起雾了。其实，大山北段海拔2800米附近，早已是白雪皑皑、银峰群立了。"

高黎贡山宣教中心坐落在百花岭的山腰,海拔1000多米,是我们这次进山的宿营地。

刚到这里,李老师东瞅瞅,西转转,乐滋滋地对我说:"那年我们来过这里,只是现在房子多了。记得吧?你看,那棵红椿树还在这里。"

听她这么一说,我也找回了记忆。

时值第三届国际观鸟节在百花岭举办,傍晚有开幕式,他们邀请我们参加。

会场离我们的住处只有一两百米。临行时,我要大家加衣服,山上夜晚气温较低。

路上人群络绎不绝,背着照相机的却不多。转了两个山弯就到会场了。会场很大,是山谷中难得的一块平地,然而只有临时搭建的台和台下的桌椅,空空荡荡的,毫无人影。

我正在奇怪,同行的管理局的李副局长说:"我们先去吃饭,吃饱了肚子再来参加开幕式。"她是位热情、乐呵呵的女同胞。

刚进门,就见院子里摆了几十张矮桌、小凳。我们来早了。过了一会儿,才见三三两两的摄影爱好者,背着相机和各种长枪短炮的镜头,风尘仆仆地进来。

"其实参加观鸟节和比赛的人早就到了。他们来了,就钻进林子里去等鸟了。这不,才回来。"李副局长为我们释疑。

我自嘲,怎么忘了傍晚时鸟类有活动高潮?观鸟人还会放过这样的机会?我是按照开幕式的常规来臆测了。是的,我在大自然中探索了40多年,参加过对红嘴相思鸟和被李白赞美过的白鹇的考察,和鸟类学家也有过交往,还能不知道如何观察鸟类,怎样才能拍到好的照片?再是,这次我的主要目标是考察澡塘河那边的沟谷雨林、保山茜,于是对观鸟节漫不经心。现在看来,确实有我不知道的内容,我又提起了兴趣。

开幕式挺热闹的。森林中灯火明亮,彩旗飘舞。观鸟协会、观鸟网的版主致完辞,竞赛规则宣读完了,就是傣族、傈僳族、怒族等少数民族同胞表演的文艺节目。好像这时候,小周、小陈她们才想起这里是少数民族聚居区,因为一路上没见到穿少数民族服装的。总之,观鸟节的开幕式很别致,其实是场倡导爱鸟、护鸟的活动。

我原想第二天一大早就跟观鸟人去林子里。李家华说:"他们天蒙蒙亮就潜入选好的鸟塘去,谁愿意带你去?"

什么?鸟塘?在塘边等鸟?只观水鸟?

他说:"一两句话说不清。你明天上午不是还要去当主角?下午去澡塘河,一路上都能看到鸟塘。别忘了,我也是个观鸟迷!"

我又问:"怎么比赛?"

他说:"比拍到的鸟,比拍到珍贵稀有难以拍到的鸟,比拍到的鸟的神态,比对鸟的知识的了解……"这吊足了我的胃口,留下一串串悬念。

上午我和李副局长完成了与读者分享《续梦大树杜鹃王——37年,三登高黎贡山》的任务。下午,李家华领我们去澡塘河。澡塘河在隆阳分局的管护区内。印象中它在沟谷中,海拔较低。2002年那次去时,是从腾冲出发,翻越高黎贡山往下走的,路程较长。现在各种灌木、藤蔓挤满了,只能紧跟着向导在前找路、砍草,走得衣服都汗湿了。郑云峰不断用"快了,大自然总是热情地拥抱热爱它的人"来鼓励我们。

刚转过一片高大的野芭蕉林,山谷便热气蒸腾起来——有温泉!面积不小,水塘中冒出无数水泡,热气袅袅……

谁也没说一句话,只奋勇扑向温泉,享受着大自然的热情,聆听着地心吐露的心语。

这儿落了个"澡塘"的名字。温泉流向山溪,溪水也有了个名字,叫"澡塘河",澡塘河最后汇入怒江。

爬了一段山路就开始下坡了。李家华说:"当心!"一下把我拽到山路上。

路旁的树上不断出现指示鸟塘的牌子。凡是有此牌的,总是有条路影探入林中。李家华看了我几眼,但我就是不问,还装出一副了然于胸的表情。我想看看这个让我困惑的鸟塘究竟是咋回事。山上有水塘不奇怪,但是和鸟连在一起,倒是引起我这个"老江湖"的很多遐想。发现是快乐!你不是用悬念来吊我的胃口吗?但我偏不上钩。我还和李家华、郑云峰约定:"谁也别说关于鸟塘的事,让我自己去找鸟塘。"他俩都笑了:"真是个老顽童!"

正走着,突然小陈、小周都驻足向左侧的山崖看去。

是的,路左侧的山崖上,墨绿色的森林中,浮起了几朵胭脂云,为这严寒的冬季平添了春的气息。

"是冬樱花!"护林员小刘说。"繁花似锦,这才叫锦吧!你们北方现在是百花凋零,高黎贡山却是冬花怒放,够你们惊喜的。"护林员老张说。

我想起李恒对独龙江繁多冬花的赞美。是的,独龙江在高黎贡山的北端,而这里是高黎贡山的南端。

樱花在高黎贡山有数种,虽然花信不一,但都是未叶先花——树上花朵熙熙攘攘,却没有一片绿叶。这尤显大自然安排花信的神奇!

盛开的冬樱花突然触动了我的灵感。但我瞅了瞅,路旁的树上并没有写有"鸟塘"的指示牌,然而我坚决地拨开树丛,走向冬樱花处,同时向李老师使了个眼色。

红艳的冬樱花(陈照娣 摄)

是的，我看到路影子了。虽然乍看两旁的灌丛中野草都还完好无损，但凭着跟随猎人行走那么多年的经验，我还是看出有人走过。

李家华他们遵守了诺言，一句话都没说，只是站在山路上。只有李老师、小陈、小周跟来了。走了三四十米之后，我看到冬樱花下有两个伪装的小棚，隐藏得很巧妙，相距三四十米，但都在冬樱花下，不注意很难发现。我停下脚步。

"水塘在哪里？没见到水影波光呀。"李老师悄悄地说了声。我说："往里看看不就明白了？"

棚子不大，一眼就能看到里面。东边的瞭望口坐了三个人，北边坐了两个人，他们都穿着防寒衣，专注地端着相机。冬樱花树上响起了悦耳的鸟鸣声，我悄悄走近，彩光一闪，原来是一只小鸟飞下了树。

隐藏在森林中的观鸟棚（陈照娣　摄）

"它是来吃柿子的吗？"李老师小声问我。是的，离瞭望口约5米处，岩石上长着一棵柿子树，枝上挂着橙红的果实，像是一个个彩灯。岩石上有水盆和塑料饭盒，都不大，用苔藓伪装起来，原来是诱饵。小鸟站到岩石边缘，左顾右盼后，迫不及待地喝起水来，其间还不时汲水梳理羽毛，快乐地唱起了歌儿。我们听到好几声快门声。

循着声音，我靠近了一个穿着羽绒服、戴着帽子的观鸟者，随后听到那人说："这是太阳鸟，个头小。它喝水、洗澡的神情真是让人心动，多么像一个精灵！"

这是个60多岁的女同志，冻得通红的脸上满是喜悦。她随即打开视频回放给我看。真的，那只羽毛红黑相间的太阳鸟，眉眼间正跳动着惬意。我激动得脱口而出："真厉害，把那瞬间的神情全都录下了！"

百花岭的鸟塘（李家华　摄）

旁边一位大爷也打开了回放让我看,只见一条彩线闪了一下,是小鸟振翅翱翔!我在心里对他们的摄影技术连连称赞。

我问那位女同志:"你们从哪里来?"

"北京!坐飞机来的。"她说,"这是我哥,退休之后爱上了摄影。以前我们只听说鸟是开放在天空的花朵,是大自然的歌唱家,但上班那会儿早晚两头赶,哪有精力发展自己的爱好?这几年观鸟、拍鸟,才知道大自然还有这么多美好。"

一阵鸟鸣声响起,柿树上,两只小鸟头上顶着蓝色凤冠,胸白,翅绿。它们一边啄着红柿,一边喝着水,然后对视一下,像在品评着什么。

大爷这才回过头说:"上年纪了,谁没有个腰酸腿疼的?可是你说怪不怪,一出来观鸟,啥毛病都没了。满眼都是绿色,空气又好,还有看不尽的鸟。我已经拍到20多种鸟了。"

"大爷,这儿有300多种鸟哩!都说这里是鸟类天堂嘛!够你拍的!"不知何时,李家华他们也过来了。

我怕人多会打扰到观鸟人,就去另一处看了会儿,然后原路返回了。我们的目标是澡塘河的沟谷雨林,现在已经是下午3点了,再耽搁一会儿,摸黑走山路可不是闹着玩的。

刚回到山道上,李家华就说:"这下你们知道为啥叫鸟塘了吧?"

"鸟要喝水、沐浴。别说,鸟是最爱干净的。我看过相思鸟在山溪中洗澡,一次次从左岸飞起,拍着翅膀往水面一掠,再从右岸飞回,也是一掠——往返沐浴;还见过白鹇在沙土中洗沙浴,洗掉身上的寄生虫呢!这儿现在是旱季,缺水,水最能引来鸟。只不过这是百花岭人的发明创造,没想到他们对鸟的生活习性了解得这么多、这么仔细,这是爱鸟的结果,是生态意识提高的结果!保护区功劳非凡啊!水是生命的源泉嘛!这么简单的问题也要考刘老师?"李老师说。

"那我就问个复杂点的。刘老师,你怎么知道那里有鸟塘?"李家华问。

"让我来告诉你吧——是冬樱花泄的密。开花植物为了繁衍后代,在进化过程中生出了蜜腺,吸引昆虫和鸟来为它授粉。冬季花少,冬樱花就成了稀有物,它又长得那么高,鸟隔大老远就看见了。有吃有喝,谁还不来?刘老师,我说得对吧?"李老师的话把大家逗得哈哈大笑,李家华和护林员还鼓起掌来。

"别瞎起哄!我也要考考你,百花岭为什么会成为观鸟圣地?"我说。

"这个问题我会答。不过首先声明,我也是跟李恒教授学来的,她来这边考察时,我都跟着,长了不少见识呢。"李家华得意地说,"高黎贡山有500多种鸟,其中百花岭就有300多种。这里森林植被条件好,环境类型多样,低山是沟谷热带雨林,中山是亚热带常绿阔叶林,适合多种鸟类栖息。仅说鹛类,就有赤尾噪鹛、灰眶雀鹛、棕颈钩嘴鹛、黑脸噪鹛、黄颈凤鹛、白腹凤鹛、红头噪鹛、长尾奇鹛等20多种,其中不少是特有种,如剑嘴鹛、火尾绿鹛等。这里的高山地区还有被列为国家一级保护动物的白尾梢虹雉。"

郑云峰说:"刘老师和李老师2002年去过百花岭的高黎贡山农民生物多样性保护协会,那是全国第一个致力于生态保护的农民组织,他们在环境保护和社区共建方面做得很突出。看来现在农民从生态保护中尝到了甜头,深刻认识到'绿水青山就是金山银山',又发现了鸟塘这个脱贫致富的新路。观鸟不仅培养了人们的生态道德和生态意识,而且倡导了一种绿色的生活方式。人们在富起来的同时,还要构建美丽的精神家园。"

"过去,我常听人说'走近高黎贡,征服高黎贡',而现在听得最多的是'保护高黎贡'。"说话的是护林员小刘,他40来岁,中等身材,面庞的颜色是一种自然赋予的黝黑。有一次我听到他和小周的对话:"一天巡山几十里不算辛苦。与其说我们在保护高黎贡山,不如说我们在回报高黎贡山,回报她的养育之恩。"这话让我很感动。正是这些护林员积年累月在大山中奔走,敬畏自然,守护自然,才有今天依旧美丽的高黎贡山。

同时，我也感到欣慰。建立自然保护区是人类认识到自己属于大自然，是大自然千万子民中的一员之后的行为。我们必须摒弃大自然属于人类的错误观念，对摧残大自然的行为进行反思。

守护高黎贡山，需要护林员。"护林员工作在环境保护第一线，只有他们的生态意识提高了，才能更好地保护高黎贡山。"姜明局长曾这样对我说。而我在小刘身上看到了姜明局长观念的映射和保护区的成绩。我喜欢用"守护神"或"土地神"来比喻守护着一方山水的护林员，他们是最可爱的人。

然而，对于这种观鸟，我心中有些隐隐的不安和疑虑……究竟是什么，尚说不清。但用食物招引鸟类，偶尔为之倒无大碍，若是长期、经常如此，肯定会对鸟的生存能力有影响。我准备回去后向鸟类专家请教。

一串鸟鸣声在山峦上响起，森林中天籁齐鸣，吸引大家凝神倾听。李家华说："那嗓门儿雄浑的男中音是棕颈钩嘴鹛，那尖尖的女高音是蓝翅噪鹛，那扯着喉咙玩摇滚乐的是大拟啄木鸟，那会耍花腔用民族唱法的是画眉，那三声一度唱流行歌曲的是相思鸟。"

他一连串报了几种鸟名，听得大家兴奋不已，叽叽喳喳地开始讨论：

"哈！古有识鸟音的公冶长，而你，就是当今的公冶长！"

"老李，你知道它们在说什么吗？"

"我都开始相信音乐是小鸟创造的了。"

……

李家华谦虚地回应大家的赞美："其实这在爱鸟的人群中算不了什么。你随便问个鸟塘的人，他都能分辨出几十种鸟鸣，鸟成了他们生命的一部分。有次很好玩，我听到一种像被卡住脖子发出的鸟叫声，还以为它遭难了，谁知那是雄鸟在向雌鸟求爱。"

"鹰头杜鹃常常是雌雄相距几百米，'贵贵阳、贵贵阳'地唱着，互相应答，彻夜不停地对情歌。"护林员小刘停了停，说，"鸟的叫声千变万化，山也是如此。高黎贡山四季,花不同,鸟不同,天不同,连云也会变化。"

小刘的话,让我想起姜明的计划:他想策划一套展现高黎贡山之美的融媒体作品,音乐就是其中的表现方式之一——选拔出鸟中的歌唱高手,先报出演唱者的大名,接着亮出它的歌喉,再融入怒族、傣族、佤族、白族等少数民族的代表乐器,如口弦琴、口簧琴、竹叶笛、打击乐等的演奏声……采用高科技的手法,将以上所有的都融合在一起,既可听音识鸟,又可享受天籁,高山流水,琴瑟与鸟语和鸣,形成别样的艺术。将它赠给每一个来过或未来过高黎贡山的人,让人们构建自己的心灵家园,让生活充满音乐。

这个创意多么值得赞赏呀!刚才的鸟鸣声不禁使我对他的创意多出很多遐想和期待。从繁忙的社会生活中抽身,人们总是倾向于在自然中寻找心灵的风景,而高黎贡山总能如约带来慰藉和宁静。

郑云峰劝我们休息一会儿,但迎面源源不断地拥来游客——多是在澡塘河享受了温泉之后往回赶的,况且天色已经不早,哪能再休息?

于是我们立马动身回程。一路上,凡是看到美丽的冬花,小陈、小周都要问名字,而李家华也是有问必答:"花色红紫的是长穗醉鱼草,名字是根据花型起的。白花大叶的是米团花,是天然的颜料……"李家华的对答如流正是李恒教学效果的最好展现。

我们继续往下走。随着海拔降低,林相也有了变化,在同一范围内,树种多了起来,同一树种数量却变少了。

从山上看,澡塘河峡谷显得含蓄,似是只有一条线,现在它却变得开朗、坦然。温泉周围的林木明显高大许多,大约是水热条件较好的缘故。这些长势喜人的主要是喜热的树种,如苹果榕、麻栎、秋枫、木棉、楹树等。我看到了板根,但没有西双版纳热带雨林中的大。它们身上爬满了藤蔓植物,尤以天南星科的爬树龙最甚。一棵树上竟有五六棵鸟巢蕨。野芭蕉气势非凡,躯干高大,叶片肥厚,连片生长使它们看起来犹如一座座绿岛。

尽管喜热树种和藤蔓植物如此繁盛，但这儿并不是典型的热带雨林，因为这里缺少标志性的龙脑香科大树。

从海拔600多米的潞江坝，到海拔2000多米的百花岭，再下到澡塘河，特意安排的由低到高的行程让我对这里的植被有了新鲜的印象。之后对赧亢、整顶的观察，将使我有新的感悟。

为了明天能早点赶到整顶保护站，我们晚上赶到了潞江坝，住在村子里的贡谷旅店。旅店不大，是个两层小楼，南临山溪。溪水清澈，映着岸边供人饮茶的水轩和高大肥硕的海芋。院内的花圃中开满了各色小花，整个院子给人宁静、优雅的感觉，是个休闲的好去处。

长穗醉鱼草（周玲 摄）

第二天一早，我们就启程了。车在丝绸古道上行了20多千米，又从潞江坝往山上开，到达了坝湾管理站。那里的秃杉高了许多。休息后，我们继续爬山，路上遇到了塌方，好在已有被堵的大货车司机在清理。

继续上路，不久，起雾了。刚离开潞江坝时，天空还艳阳普照呢。山边上的弯道一个接一个，李家华一边嘀咕着路况的惊险，一边小心翼翼地驾着车。这里有个恐怖的名字，叫"大蛇腰"。

一枝红白色的花从山崖边斜斜地伸出来。车顶擦着它过去时，清香透进车窗。

"这是滇丁香！"

于是我们在路边停下。滇丁香花朵很娇小,粉粉的,馨香四溢。难得它在冬季勃发花信,不禁使人想到经典诗句:"俏也不争春,只把春来报。"同是冬花的滇丁香与梅花一样有着冰雪之质、高洁风骨。它是保护名录上的珍稀植物,大家纷纷留影,拍了不少照片。

终于,我们到达山脊的大蒿坪了。凛冽的风带着云雾迎面而来,垂直气候带的变化很鲜明。路边有几块牌子,向左是"爱国主义教育基地""史迪威公路""大蒿坪"和"小地方",向右被标记为徐霞客当年进腾冲的路。

风一阵,雨一阵,一片朦胧。车左拐,向小地方驶去。不多远,车子就陷入了竹林和杂树形成的窄径。那里窄得只能单车通行,道路泥泞不堪,车轮好几

冬季怒放的滇丁香(陈照娣 摄)

次都陷进泥里了。好在我们驾驶的是四轮驱动的越野车,有惊无险地通过了泥路。刚脱离险境,李家华就在林缘处搜索,最后找到了一树茶花。雪白的花瓣簇拥着黄绿的花蕊,上面还留着晶莹的雨滴,犹如繁星闪烁。他说这是蔡君茶,是为纪念植物学家蔡希陶而命名的。

十几千米后,转入乡间小道。我想这里原应有大树高木,现在却是大树被砍伐后的次生林,或许是李家华有意让我看看这里植被的变迁。

整顶管理站在村子里,站长是老朋友谷学玺。李老师特别高兴,时常念叨 2002 年去探寻大树杜鹃王,翻越海拔 3000 多米的山砘子滑跌时,若不是小谷机智地趴到地下抓住她,她就要掉下悬崖了。16 年前谷学玺还是位刚毕业的毛头小伙子,现在他的儿子已经上中学了,只有憨厚的笑容未变。

蔡君茶(周玲 摄)

我们原是要看这座大山里的灰叶猴的,然而等了半天,竟然又下起了小雨。小谷将他拍摄到的灰叶猴视频给我们看,这群灰叶猴有六七十只,正在大树上躲雨,淡蓝的眼圈使它们显得神情忧郁。

当晚,我们投宿在云雾中的小地方。原以为这是个顺嘴的泛指,谁知这个村子的大名就叫"小地方"。其实这个山村并不小,而且风景秀丽。我们落脚的旅店,是一位外出打工返乡的农民开的。门前有几棵古老的"植物活化

高黎贡山女神

国家一级保护动物
灰叶猴（黄湘元　摄）

为何快乐？（黄湘元　摄）

石"——喜热的树蕨（桫椤），它们就是最好的招客旗幡。

第二天早晨，我们离开小地方时，仍是漫天云雾。走了十几千米后，突然阳光灿烂，绿树生辉。车在腾冲至保山的公路上行驶，犹如在绿海中航行。两旁是常绿阔叶林，林木高大葱郁。沟谷中的草本植物草果翠绿晶莹，如小瀑布般挂在草丛间。草果是香料植物，草果种植是当地扶贫致富的重要产业。

赧亢管理站在山脊的东坡。2月份的时候，我们曾到过这里，和站长小杨算是熟人。这次我们再来，主要是寻访李恒教授发现的保山茜，看看大树杜鹃王的苗圃，以及探访白眉长臂猿。

保山茜是高黎贡山特有物种，也是中国特有物种，数量极其稀少，只分布在赧亢等小片区域。植物学家经过多年考察，证实现存不过200多棵，是亟待保护的物种。

保山茜的果（施晓春　摄）

李家华在前领路。山坡有些陡，枯黄的草中时而冒出几朵黄灿灿、紫莹莹的野花。左边绿色的山谷中不断飘来悦耳的鸟鸣，倒也并不寂寞。

到达坡顶，左边山谷中林海汪洋涌来，阳光下霞雾蒸腾，多是常绿阔叶树种，看来保护得很好。

森林郁闭度高，我们要下到山谷中。崖陡，李家华在前面探路，好几次差点滑跌。倒木多，枯叶层厚，脚一踩，直冒水。他一再不允许我们下去，我们只得在半途等。不久，他终于一身泥一身水地上来了，喜滋滋地拿着一个果实："你们运气好，我在树下找到一个保山茜的果实。"

若不说是保山茜的果实，真会认为它是柠檬，大小、形状太相似，青釉釉的，椭圆形，只不过皮没有柠檬的光滑。大家爱不释手，跃跃欲试，都想下去看看它的"妈妈"。

李家华说："别急，在大树杜鹃苗圃前还有一棵，只不过没有果实。"

小周催着李家华说故事。他装模作样地清清嗓子，说道：

我跟着李恒教授在高黎贡山考察了好几年。那年我们在这一带和西坡的曲石考察，有天晚上，李恒教授在整理采集的标本时，发现一个奇特的果实。她认为这很可能是一个新种，但只有果实和枝叶，没有花，就是一份不完整的标本。她对这份标本很上心，开始对这个果实追根溯源。

李恒教授首先想到自己曾在苏格兰爱丁堡皇家植物园里见到过福

瑞斯特从云南采集到的植物标本。福瑞斯特是爱丁堡皇家植物园的采集员,1904年到1932年间,他在云南组织了几十次大规模的植物采集,获得植物标本3万多号,10万多份。她记得一个有花和叶,唯独缺少果实的标本,似乎与她手上这份有相关之处,便立即与爱丁堡皇家植物园联系。

这个标本很快就发来了。李恒在显微镜下仔细研究,基本断定这两个标本来自同一种植物。标签上的名字是"瑞丽茜",采集时间是1919年,采集地点却是腾冲的曲石,与她采集到果实的地点相隔近50千米。这是怎么回事?这成了一个谜团。

李恒将那颗果实中的种子在园里种下,同时也种下了希望。

种子发芽了,小苗长高了,泛着淡紫的花蕾萌动了,花开了,果子结出了。

保山茜的花(施晓春 摄)

这证实了它们的的确确是同一种植物！

关于定名"瑞丽茜"的问题也解决了。当时地图上流经曲石的龙川江的下游是瑞丽江，只在地图上查找的人，误以为腾冲的曲石在瑞丽江流域。从植物分类上来说，这个错误应该纠正。李恒有了完整的模式标本，补充了它的果实形态特征描述，并将其中文名更改为"保山茜"。

我们发现保山茜现存数量很少，且成年的保山茜树下一直没发现幼苗。具体原因很复杂，需要深入研究。为了保护这个极小稀有物种，必须采取相应的措施。

我们在李恒教授指导下，采集到保山茜的种子，放在昆明植物研究所培育。它们已被移栽到赧亢，现在都长成茂盛的大树了。

李家华指着前面一棵树说："这就是我们种的保山茜。"这是棵小乔木，10米多高，树冠浓密，叶子浓绿，与小叶女贞的叶子相似。

听了李家华的讲述，我们才知道，李恒教授早已建议建立极小种群物种植物园。而保山茜的故事，则证明了它的重要。因为保山茜是高黎贡山特有的物种，且种群数量极少，如不加以特别的保护，待它们灭绝，世界上就没有这个物种了……

保山茜的旁边是自然教育课堂，这是管理站最高大的建筑，每年要接待全国各地来此野营的青少年。他们在这里开展对动植物的考察，接受生态道德培养。

保山茜（李珍英 摄）

苗圃是云南省林业和草原科学院为研究大树杜鹃繁殖建立的。世界著名的大树杜鹃是高黎贡山特有植物,当然也是只生长在中国,它只分布在一个狭小的区域。冯国楣在1981年找到它之后,又萌发了将它引种到山外,供世人欣赏的梦想。2002年,冯老告诉我,种子出芽了,但移栽后树苗都没成活,虽然几位园林专家仍在努力,但只能是摸着石头过河。后来,断断续续传来的消息说,在自然界,种子需落在腐木上,才有可能成长,又说它的种子已搭乘宇宙飞船巡游归来。其间还有一说:爱丁堡皇家植物园用种子引种成功,深究下去,却没人见过,更没有照片。看来仍是未解的悬案、难题。引种也是一门深奥的学问。

大棚中的苗圃有不同年龄的大树杜鹃苗。不知这是否就是那批从宇宙中归来的种子生的苗。它的种子很小,出芽率已达95%。数2015年种下的苗最好,现在已长到十几厘米高,叶大而肥厚,乌油油的,心芽红艳,长势喜人。

我问是否已移栽到山外了。李家华说可能还没有,苗还全部在这里,但幼苗毕竟是希望。

高黎贡山的灵长类动物种类丰富,仅保山管护局辖区内,就有白眉长臂猿、蜂猴、灰叶猴、戴帽叶猴、红面猴、豚尾猴、猕猴等。近年在北段的怒江州还发现了黑金丝猴。

长臂猿是人类近亲。全世界有17种,我国有6种,分别是白眉长臂猿、西黑冠长臂猿、东黑冠长臂猿、海南长臂猿、北白颊长臂猿、白掌长臂猿。后面2种长臂猿已有多年没被人发现踪迹了。

一群白眉长臂猿生活在赧亢,另一群在大塘保护站那边,每个族群只有四五只,处于极度濒危状态。白眉长臂猿身长只有44厘米到65厘米,雄猿毛色黑褐,头顶扁平,但毛较长,向后披,面上有两道雪白的粗眉,显得神色凝重、神秘。雌猿毛色灰白或淡黄色,眉线稍浅淡,另有一种风韵。白眉长臂猿

白眉长臂猿

是典型的树栖动物,为了抓住树枝,它们的前肢进化得很长,方便使用荡臂法攀缘。

正当我们要出发时,小杨急匆匆跑来说,在那边拍摄白眉长臂猿的人传来消息,山谷里起雾了,森林中一片迷蒙,他们不得不停工。虽然我们这里还是艳阳高照,但我知道高黎贡山的垂直气候带会造成十里不同天的景象,并且这两天的经历已使我有了切身体会,于是我只好说服小陈和小周,让她们耐心等待,因为雾天在大山里行走,危险系数太高。

山中起雾的消息打乱了我们的行程计划。天色已晚,我们还要赶到保山,只得快快离去。

其实,收获还是有的。我心里一直有个谜团——按理说长臂猿应该生活在热带雨林,但是高黎贡山没有典型的热带雨林,即使是在澡塘河也没有,长臂猿怎么能生活在这里呢?在我这次旅程中见到的有着较大海拔落差的白眉长臂猿栖息地,以及我从李恒教授等人主编的《高黎贡山植物》中学到的知识告诉了我答案:

澡塘河的沟谷雨林,虽不是典型的热带雨林,但它具有热带雨林的某些特质,所以我有理由推测这里原来可能是热带雨林。现在的百花岭低海拔地带,直到怒江边的森林,已被人类砍伐殆尽。也就是说,澡塘河一带可能原是白眉长臂猿的家园,但由于人类的入侵,为了生存,它们只能往海拔较高的亚热带森林迁徙。

资料记载,20世纪六七十年代,在高黎贡山生活的白眉长臂猿的种群比现在要多得多。然而现在仅存两小群,八九只,且相隔距离较远,基本上切断了生殖交流的通道,这个事实可以佐证上面的推测。我对它们未来的预测无法乐观。还有一例也可佐证上述说法:保护区的一个老职工回忆,20世纪80年代,在澡塘河一带有几群国家一级保护动物扭角羚。她参加了考察,消息自然真实可信。然而,现在扭角羚已多年不见踪迹,估计它们也被迫奔走到高山地区生活了。

拯救极度濒危动植物,建立保护区是行之有效的措施,不过最后还是要将它们放回自然。以麋鹿为例,过去曾以"麋沸蚁动"来形容麋鹿之多。传说它们在大地上践踏的蹄印,如翻耕过的田畴,适宜播种稻谷。但麋鹿在1000多年前已从野外消失,只在清朝皇家猎苑中苟活,之后又遭遇各种天灾人祸,它们在中国大地上销声匿迹。直到20世纪80年代,英国乌邦寺的主人才送回几群给中国,随后我国在北京南苑、湖北石首等地建立了保护区。只一二十年,麋鹿种群就翻倍壮大起来,但要将它们放归自然,是一件艰难的事。

石首麋鹿国家级自然保护区建在长江故道边。1998年发大水,洪水淹没了保护区,将故道和长江连成了一片。保护区只得将麋鹿圈在露出水面的圩埂上。麋鹿们并不惊慌,反而乐于戏水,啃食水面上的柳叶和苇叶。大水退后,工作人员发现少了10多只麋鹿。保护区人员全体出动,四处寻找,却无所获。当时灾后重建任务艰巨,大家只得放下这个悬案。

第二年,长江对岸突然传来消息,有人在江边的苇荡和杨树林中发现了一种不认识的"怪兽"。保护区立即找船渡到对岸,一看,这不就是保护区走失的麋鹿吗?这段江面有1000米宽,它们是怎么来到这里的?

虽然找到了它们，但如何将它们运回来是个大问题。然而保护区领导的决策出人意料：随它们去，既然它们能在那里生存，为什么还要运回来？建立保护区的最终目的不就是要让动物们回归自然吗？况且这儿不就是古云梦泽——麋鹿的故乡吗？

2002年，我和李老师去了石首，横渡长江后，在杨树林中看到了麋鹿，还拍了照片。从石首出走的麋鹿现已在长江对岸安营扎寨，甚至在湖南的洞庭湖边安了家。

于是，我在《孤独麋鹿王》中写下这样的话："人啊，别忘了保护动植物最根本的是要归还它们曾失去的家园！"

白眉长臂猿是从哪里来的？或许它原来就是高黎贡山"巨型游轮"上的乘客，从古热带大陆向北航行了450千米，才来到温带。

我们能还给它们家园吗？

李恒相册

1958年,上海

1973年,昆明植物园

1982年,李恒教授与吴征镒院士在湖南桃源考察。

1987年，李恒教授在德国。

1989年，李恒教授60岁生日，与家人合影。

1991年,独龙江越冬考察

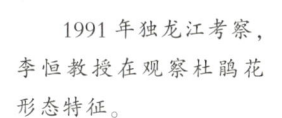

1991年独龙江考察,李恒教授在观察杜鹃花形态特征。

1995年,昆明,李恒教授在第六届国际天南星学术讨论会上进行大会主席发言。

1995年10月10日,李恒教授在剑桥大学。

1999年,李恒教授70岁生日,与家人合影。

2001年，李恒教授与先生王今维在中科院昆明植物研究所1号门留影。

2003年，李恒教授与先生、女儿合影。

2004年,贡山野外考察

2014年,昭通野外考察

2015年1月15日,李恒教授在昆明。

2016年,李恒教授在昭通大关三江口林下重楼种植基地考察。

李恒教授在研究标本。(李珍英 摄)

李恒教授被授予"九三楷模"荣誉称号，与社中央主席韩启德院士合影。

2018年，昆明，李恒教授家中，四世同堂合影。

附录

刘先平四十多年大自然考察、探险主要经历

1974—1980 年

- 参加野生动物科学考察队和筹备建立自然保护区的考察，主要区域在皖南的黄山和皖西的大别山。
- 1980 年以前，这里一直是刘先平的生活基地，至今每年至少会去考察两三次。美丽奇绝的自然风光、深厚的人文底蕴，曾吸引了诗仙李白等长期在此漫游。目睹了生态的恶化、珍稀动物的灭绝、人与自然的矛盾，他于 1978 年重新拿起笔来呼唤生态道德，孕育了描写在野生动物世界探险的长篇小说《云海探奇》《呦呦鹿鸣》《千鸟谷追踪》及散文集《山野寻趣》等。1978 年完成、1980 年出版的《云海探奇》，被认为是中国大自然文学的开篇之作、标志性作品。
- 那时的野外考察异常艰难，在山里行走，只能凭着"量天尺"——双脚。根本没有野营装备，只能搭山棚宿营。使用的还是定量的粮票、布票……

1981 年

- 4 月，考察云南西双版纳热带雨林及访问昆明植物研究所。为热带雨林繁花似锦的生物多样性所震撼，从此走向更为广阔的自然，将认识大自然作为第一要务。5 月，到四川平武、黄龙、九寨沟、红原、卧龙等地探险，参加对大熊猫的考察。之后，前后历时六年，参加保护大熊猫、金丝猴的考察。著有长篇小说《大熊猫传奇》、考察手记《在大熊猫故乡探险》《五彩猴树》等。

1982 年

- 在浙江舟山群岛考察生态和小叶鹅耳枥（当时是全世界唯一的一棵）。

1983 年

- 10 月，在大连考察鸟类迁徙路线。11 月，在广东万山群岛考察猕猴，到海南岛考察热带雨林、长臂猿、坡鹿、珊瑚。

1985 年

- 7 月，在辽宁丹东、黑龙江小兴安岭考察森林生态。

1986 年

- 8 月，在新疆吐鲁番、乌苏、喀什等地探险及考察生态。

1988 年

- 在甘肃酒泉、敦煌等地考察生态。

206

1992年

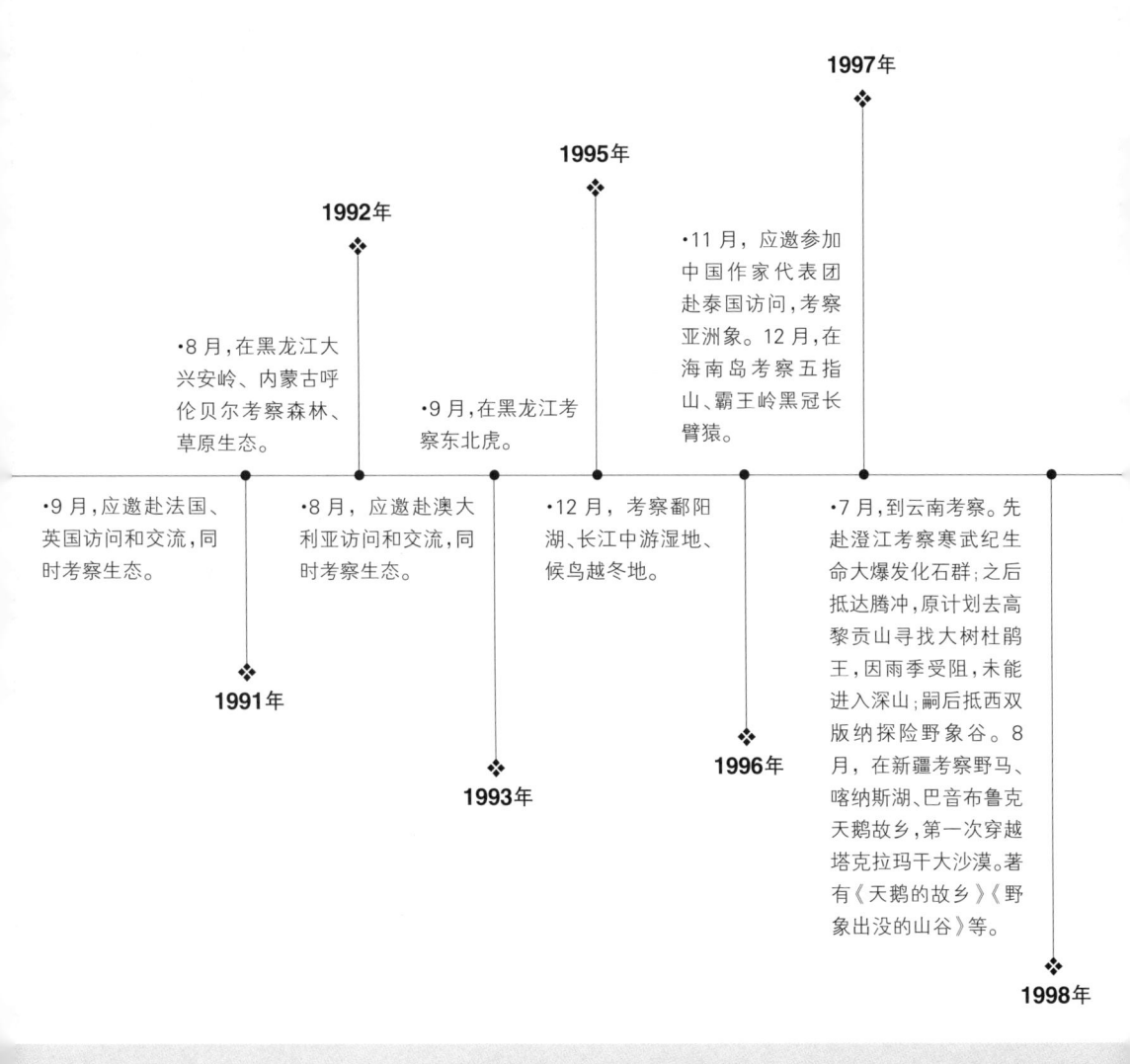

1995年

1997年

•8月,在黑龙江大兴安岭、内蒙古呼伦贝尔考察森林、草原生态。

•11月,应邀参加中国作家代表团赴泰国访问,考察亚洲象。12月,在海南岛考察五指山、霸王岭黑冠长臂猿。

•9月,在黑龙江考察东北虎。

•9月,应邀赴法国、英国访问和交流,同时考察生态。

•8月,应邀赴澳大利亚访问和交流,同时考察生态。

•12月,考察鄱阳湖、长江中游湿地、候鸟越冬地。

•7月,到云南考察。先赴澄江考察寒武纪生命大爆发化石群;之后抵达腾冲,原计划去高黎贡山寻找大树杜鹃王,因雨季受阻,未能进入深山;嗣后抵西双版纳探险野象谷。8月,在新疆考察野马、喀纳斯湖、巴音布鲁克天鹅故乡,第一次穿越塔克拉玛干大沙漠。著有《天鹅的故乡》《野象出没的山谷》等。

1991年

1993年

1996年

1998年

1999年

- 4月,在福建考察武夷山等地的自然保护区及动物模式标本产地、小鸟天堂,寻找华南虎虎踪。7月,应邀赴加拿大、美国访问和交流,考察两国国家公园。8月,一上青藏高原,主要考察青海湖。9月,在贵州探险,考察麻阳河黑叶猴、梵净山黔金丝猴。著有《黑叶猴王国探险记》《金丝猴的特种部队》。

2000年

- 1月,考察深圳仙湖植物园。5月,考察江苏大丰麋鹿国家级自然保护区。7月,二上青藏高原。探险黄河源、长江源、澜沧江源。由青海囊谦澜沧江源头和大峡谷至西藏类乌齐、昌都、八宿(怒江上游),再至云南德钦、丽江、泸沽湖。沿三江并流地区寻找滇金丝猴。10月,在广西考察白头叶猴。11月,至海南,再次考察大田坡鹿、红树林生态变化。著有《掩护行动——坡鹿的故事》。

2001年

- 8月,应邀赴南非访问和交流,考察野生动植物。

2002年

- 3月,考察砀山。4月,在高黎贡山寻找大树杜鹃王,终于得偿心系二十一年的夙愿。一探怒江大峡谷,但因大雪封山,未能到达独龙江。6月,在湖北石首考察麋鹿。7月,再去江苏大丰考察麋鹿。8月,三上青藏高原,探险林芝巨柏群、雅鲁藏布江大峡谷、珠穆朗玛峰国家级自然保护区。著有《圆梦大树杜鹃王》《峡谷奇观》《麋鹿回归》等。

2003年

- 4月,在四川北川、青川考察川金丝猴、大熊猫、羚牛。8月,应邀访问英国、挪威、丹麦、瑞典,由挪威进入北极圈。著有《谁在跟踪》。

2004年

- 8月,横穿中国,由南线走进帕米尔高原,考察山之源生态、风土人情。路线及主要考察对象为:青海柴达木盆地、察尔汗盐湖→可可西里→雅丹地貌→花土沟油田→翻越阿尔金山到新疆若羌→第二次穿越塔克拉玛干大沙漠→帕米尔高原。10月,随中国作家代表团访问南非、毛里求斯、新加坡。著有《鸵鸟小骑士》等。

2005年

- 7月,横穿中国,由北线走进帕米尔高原,寻找雪豹、大角羊、野骆驼。路线是:甘肃河西走廊→罗布泊边缘→从北线再次穿越柴达木盆地到花土沟油田→回敦煌(原计划进入阿尔金山国家级自然保护区,未成行)→库尔勒→第三次穿越塔克拉玛干大沙漠→托木尔峰→伽师→帕米尔高原→红其拉甫。10月,在重庆金佛山寻找黑叶猴,到沿河土家族自治县再探黑叶猴。著有《走进帕米尔高原——穿越柴达木盆地》等。

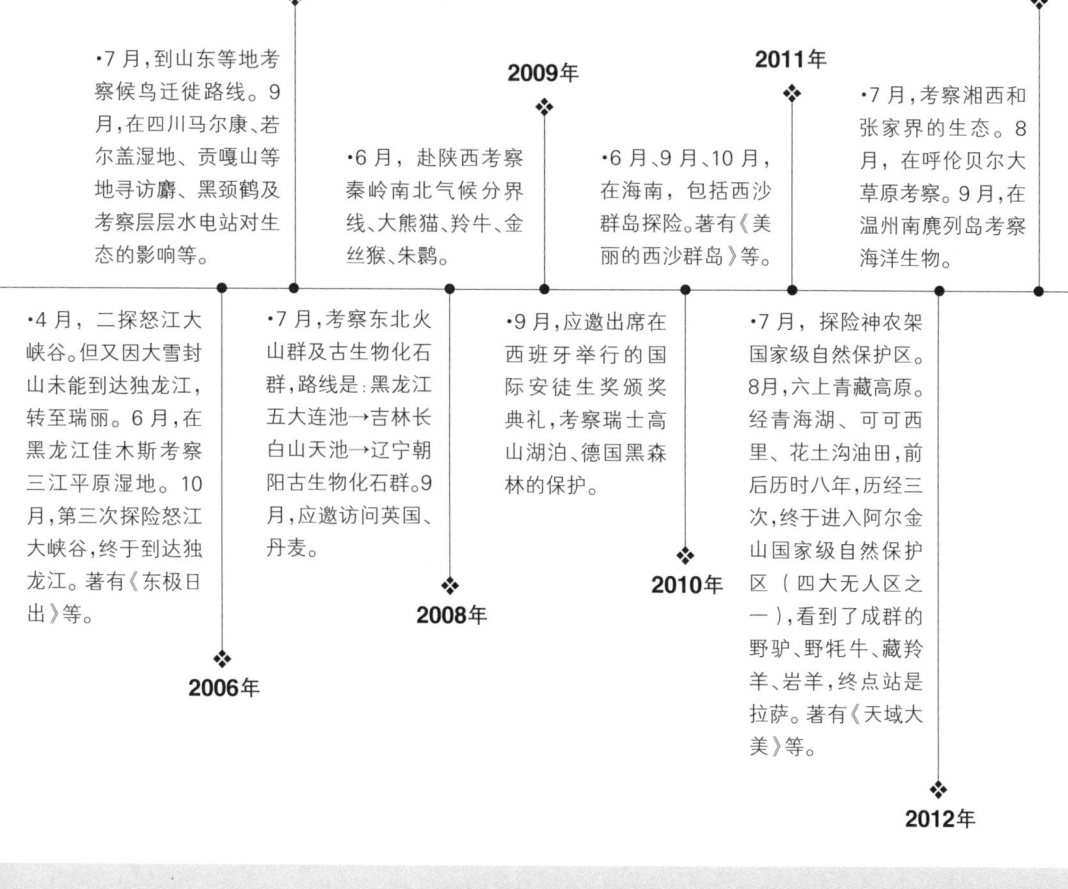

2007年

- 7月,到山东等地考察候鸟迁徙路线。9月,在四川马尔康、若尔盖湿地、贡嘎山等地寻访麝、黑颈鹤及考察层层水电站对生态的影响等。

2009年

- 6月,赴陕西考察秦岭南北气候分界线、大熊猫、羚牛、金丝猴、朱鹮。

2011年

- 6月、9月、10月,在海南,包括西沙群岛探险。著有《美丽的西沙群岛》等。

2013年

- 7月,考察湘西和张家界的生态。8月,在呼伦贝尔大草原考察。9月,在温州南麂列岛考察海洋生物。

- 4月,二探怒江大峡谷。但又因大雪封山未能到达独龙江,转至瑞丽。6月,在黑龙江佳木斯考察三江平原湿地。10月,第三次探险怒江大峡谷,终于到达独龙江。著有《东极日出》等。

- 7月,考察东北火山群及古生物化石群,路线是:黑龙江五大连池→吉林长白山天池→辽宁朝阳古生物化石群。9月,应邀访问英国、丹麦。

- 9月,应邀出席在西班牙举行的国际安徒生奖颁奖典礼,考察瑞士高山湖泊、德国黑森林的保护。

- 7月,探险神农架国家级自然保护区。8月,六上青藏高原。经青海湖、可可西里、花土沟油田,前后历时八年,历经三次,终于进入阿尔金山国家级自然保护区(四大无人区之一),看到了成群的野驴、野牦牛、藏羚羊、岩羊,终点站是拉萨。著有《天域大美》等。

2006年

2008年

2010年

2012年

2014年

・3月,在云南、贵州考察喀斯特地貌的森林和毕节百里杜鹃——"地球彩带"。

2015年

・3月,在南海考察珊瑚。8月,在宁夏考察贺兰山、六盘山、沙坡头、白芨滩、哈巴湖自然保护区。著有《追梦珊瑚》《一个人的绿龟岛》等。

・7月,在英国考察皇家植物园和白崖。9月,考察黄山九龙峰省级自然保护区。10月,考察长江三峡自然保护区、恩施鱼木寨、水杉王、恩施大峡谷。

2016年

2017年

・4月,在牯牛降考察云豹的生存状况。10月,在福建、广东考察海洋滩涂生物。11月,在黄山市徽州区考察中华蜂的保护状况。

・2月,重返高黎贡山,终于亲眼一睹盛花时节的大树杜鹃王。3月,在当涂考察蜜蜂养殖。5月,到雷州半岛考察海洋滩涂生物。8月,考察长江三峡地区生态变化。9月,到昆明植物研究所考察。12月,在高黎贡山考察沟谷雨林和季雨林。著有《续梦大树杜鹃王——37年,三登高黎贡山》等。

2018年

2019年

・4月,考察安徽芜湖丫山国家地质公园。5月、6月,考察黄山九龙峰省级自然保护区。7月,考察青岛滩涂海洋生物。8月,考察九龙峰省级自然保护区。11月,考察四川攀枝花苏铁国家级自然保护区、宜宾金沙江和岷江汇合处、重庆嘉陵江与长江汇合处。

・10月,应邀去江西横峰讲课,同时考察那里的生态。

2020年